マリア
Maria Euphoria
ユリガ
JN102828
XVII
現実主義勇者の王国再建記
Re:CONSTRUCTION
THE ELFRIEDEN KINGDOM TALES OF REALISTIC BRAVE
どぜう丸
イラスト 冬ゆき

トモエ
Tomoe Inui
ガルルンに手招きされて、
トモエは歩み寄ると彼の前に膝を突いた。

ガルルン
Garurun

WORLD MAP
OF THE ELFRIEDEN KINGDOM
AND NEIGHBORING COUNTRIES
ガーラン精霊
王国
魔王領
ハーン大虎王国
（斜線は勢力圏）
ノートゥン
竜騎士
王国
星竜連峰
ルナリア
正教皇国
ユーフォリア王国
フリードニア王国
（網点は海洋同盟締結国）
傭兵国家
ゼム
トルギス
共和国
九頭龍諸島
王国

星竜連峰
ハーン大虎王国
ルナリア
正教皇国
紅竜城邑
ラグーン
シティ
ランデル
ヴァン
パルナム
空母「ヒリュウ」
船渠
アミドニア
地方
傭兵国家
ゼム
ウルスラ山脈
神護の森
ヴェネティ
ノヴァ
ネルヴァ
アルトムラ
トルギス
共和国
エルフリーデン
地方
九頭龍諸島
王国

# 現実主義勇者の王国再建記

Re:CONSTRUCTION
THE ELFRIEDEN KINGDOM
TALES OF
REALISTIC BRAVE

どぜう丸
イラスト 冬ゆき

## Re:CONSTRUCTION THE ELFRIEDEN KINGDOM TALES OF REALISTIC BRAVE

## CHARACTERS

### ソーマ・E・フリードニア
Souma E. Friedonia

異世界から召喚された青年。いきなり王位を譲られて、フリードニア王国を統治する。

### リーシア・エルフリーデン
Liscia Elfrieden

元エルフリーデン王国王女。ソーマの資質に気付き、第一正妃として支えることを決意。

### アイーシャ・U・エルフリーデン
Aisha U. Elfrieden

ダークエルフの女戦士。王国一の武勇を誇るソーマの第二正妃兼護衛役。

### ジュナ・ソーマ
Juna Souma

フリードニア王国で随一の歌声を持つ『第一の歌姫』。ソーマの第一側妃。

### ロロア・アミドニア
Roroa Amidonia

元アミドニア公国公女。稀代の経済センスでソーマを財政面から支える第三正妃。

### ナデン・デラール・ソーマ
Naden Delal Souma

星竜連峰出身の黒龍の少女。ソーマと竜騎士の契約を結び、第二側妃となる。

### マリア・ユーフォリア
Maria Euphoria

元グラン・ケイオス帝国女皇。ソーマの第三側妃候補となった後は慈善活動に力を注ぐ。

### ユリガ・ハーン
Yuriga Haan

ハーン大虎王国の王・フウガの妹。一計を案じ、ソーマの第四正妃候補に収まる。

**ムツミ・ハーン**
Mutsumi Haan
チマ公国を統治していたチマ家の長女。知勇兼備の将。フウガと結婚し、彼の覇道を支える。

**イチハ・チマ**
Ichiha Chima
チマ公国を統治していたチマ家の末子。魔物研究の才があり、ハクヤの後継として宰相代理に就任。

**エクセル・ウォルター**
Excel Walter
フリードニア王国国防軍総大将。千年生きると言われる蛟龍族の傑物で魔導士としても一流。

**カルラ**
Carla
元空軍大将カストールの娘。反逆罪で奴隷の身分となり、パルナム城の侍従として働く。

**ハクヤ・ユーフォリア**
Hakuya Euphoria
フリードニア王国の『黒衣の宰相』。ユーフォリア女王ジャンヌの王配になることが決まる。

**フウガ・ハーン**
Fuuga Haan
ハーン大虎王国の王。グラン・ケイオス帝国に勝利し、魔王領完全開放への準備を進めている。

**ハシム・チマ**
Hashim Chima
チマ公国を統治していたチマ家の長男。フウガの参謀として冷酷無情に辣腕を振るう。

**トモエ・イヌイ**
Tomoe Inui
ソーマの義妹。魔族や魔物の言葉がわかる才を持つ。王立アカデミーを卒業し、侍中を目指す。

**カストール**
Castor
元エルフリーデン王国空軍大将。現在は島型母艦『ヒリュウ』の艦長として国防海軍に所属。

**ジャンヌ・ユーフォリア**
Jeanne Euphoria
元グラン・ケイオス帝国女皇マリアの妹。帝国崩壊後、ユーフォリア王国の女王に即位した。

# Contents



Re:CONSTRUCTION
THE ELFRIEDEN KINGDOM
TALES OF
REALISTIC BRAVE

XVII

# プロローグ　ジーニアス・ゴー・ホーム

話はグラン・ケイオス帝国とハーン大虎王国との戦争前に遡る。

パルナム城内にある放送用の宝珠のある部屋。

「えっ!?　帰ってくるな、ですの!?」

帝国の女皇マリアの妹トリル・ユーフォリアは悲鳴に似た声を出した。

放送越しにもう一人の姉であるジャンヌから『いまは絶対に帰国しないように』と念を押されたためだった。敬愛するジーニャとルドウィン夫妻に迷惑を掛ける度に、トリルはジャンヌから『度が過ぎるなら帝国に連れ戻します』と注意されてきた。

しかし『帰ってくるな』と言われたのはこれが初めてだった。

映像のジャンヌは真剣な顔で頷いた。

『そのとおりだ、トリル。……大虎王国は我が国を狙っているようだ。近いうちに大きな戦となるだろう。私も命懸けで姉上を守るつもりだけど……万が一のこともある。トリルはそのまま王国に留まってソーマ殿の庇護を受けなさい』

「そんな!　そりゃ私が帰ってもなにもできないかもしれませんが、お姉様たちが戦う中で私だけ安全な場所にいるなんて嫌ですわ!　あっ、そうです!　ソーマ殿たちに助けを求めましょうよ!　きっと力になって……『トリル!』」

トリルの言葉をジャンヌが一喝して遮った。

『我々の事情に他国を巻き込むわけにはいかない。貴女にだってわかるはずだ』

「それでも、納得いきませんわ！　こういうときに協力できるように、この国と友誼を結んできたのではないのですの⁉」

トリルは涙目になりながらジャンヌに訴えかけた。

「役目とか、使命とか、血とか、そんなのどうでもいいですわ！　命あっての物種です！　お姉様方を縛るだけの国なんて欲しい人にあげちゃえばいいんですのよ！」

『トリル……貴女のそういう考え方、割と好きだ』

そう言うと、ジャンヌはトリルに優しく微笑みかけた。

『そんな貴女だからこそ、自由に、生を謳歌してほしいのだ。姉上もきっとそう思っているはずだわ。血を残すだとかそんなことは関係なく、トリルにはトリルらしく生きてほしい。それが許されなかった私たちのぶんまで、ね』

「そんな！」

『……じゃあね、トリル』

そして通信は切られた。耳が痛くなるほど静かになった室内。

しばらく呆然と立ち尽くしていたトリルだったが、やがて目から大粒の涙が零れた。

「う……うわああああん！」

大声で泣き出し、トリルは部屋を飛び出した。

涙を拭うこともなく駆け出し、王城の廊下を駆け抜け、馬車に乗り込むとすぐにマクスウェル・アークス家のダンジョン工房へと向かった。

数時間後、ダンジョン工房に辿り着くと中へと入り、その中に建てられたログハウスの中にジーニャの姿を見つけると、勢いよくその胸に跳び込んだ。

「えっ、トリ……ぐふっ！」

「ジーニャお姉様あああ!!」

「……………」

トリルにタックル同然に抱きつかれて、ジーニャは意識を刈り取られていた。

遅れて現れたルドウィンが慌ててトリルを引き剝がすまで、ジーニャはされるがままにガクガクと揺すられていたのだった。


――――三十分後。


「すみませんお姉様、ルドウィン様。お見苦しいところをお見せしましたわ」

ようやく落ち着きを取り戻したトリルは、ルドウィンが出したお茶を飲みながら二人に謝罪した。散々に泣きわめいて、しょんぼりした様子のトリル。

いつもの元気な彼女とはかけ離れた姿に、ジーニャもルドウィンも心配になった。

「あ、うん」

「それで、一体なにがあったのですか？」

「それが……」

トリルはジャンヌと交わした会話を二人にも話した。

話を聞いたジーニャは、しょげかえったトリルになんて声を掛ければ良いかわからずオロオロしていただけだった。一方ルドウィンは思案顔になっていた。

「なるほど……だから陛下は……」

「ルドウィン様？」

「っ！　あー、なんでもありませんよ、トリル殿」

するとルドウィンは微笑みながら、トリルの肩にポンと手を置いた。

「気休めに聞こえるかもしれませんが……マリア殿もジャンヌ殿もきっと大丈夫です。あの方たちを助けたいと思っている人々がちゃんといますから」

「っ！　もしかして、すでにこの国は……っ」

マリアを助けるために動いている？

そう尋ねようとしたトリルだったけど、ルドウィンが彼女の発言を手で制した。

「守秘義務がありますので、いまはなんとも」

「そ……そうですか」

「ですが、貴女が悲しむような結果にならないよう全力を尽くします。……私はこれからしばらく家を空けるので、その間はこの家に留まると良いでしょう」

そう言うとルドウィンは立ち上がった。

「ジーニャ」

「はいはい」

「私はこれから王城へ向かう。しばらくは帰ってこられないだろう。留守とトリル殿のこと、よろしく頼むね」

「うん。頑張ってね、ルゥ兄」

小柄な妻に見送られて、ルドウィンは颯爽と出て行った。

その後ろ姿を見送ったトリルは、自分たち姉妹のために戦ってくれる人々がいるということを確信し、感謝の涙を流すのだった。

そして時間は現在に戻り、グラン・ケイオス帝国とハーン大虎王国の戦争からしばらく経った頃。

「……それで、なんでまだいるのさ」

「そりゃあお姉様と一緒に居たいからですわ」

プクーッとむくれた顔で言うジーニャに、トリルはケロッとした顔で言った。

グラン・ケイオス帝国と大虎王国との戦いも終わり、マリアとジャンヌの無事も確認され、ルドウィンが帰宅し、グラン・ケイオス帝国がユーフォリア王国として再編されても、まだトリルはジーニャの家に留まっていた。

マリアとジャンヌの無事が確認されるまでの間はしおらしく、弱々しかったトリルだったが、すでにいつもの調子を取り戻していた。

「ルドウィン殿にもこの家に留まるようにと言われましたし」

「ルゥ兄が家を空けてる間って話だったでしょう？」

「あら、そうでしたっけ」

ジーニャの腕に腕を絡ませ、ほっぺをスリスリなすりつけながらトリルは言った。

「フフフ、お姉様〜♪」

「ああもう。ルゥ兄、助けて」

「ほどほどにしてくださいね。トリル殿」

そんな二人の様子をルドウィンが苦笑しながら見ていると……。

トン、トン、トンッ
不意にログハウスの扉が叩かれた。ジーニャは「お客さん？」と小首を傾げた。

こんな地下ダンジョンまで尋ねてくる客人はメルーラかトリルの研究仲間か、ソーマ家の人たちくらいだろう。まあソーマたちが来るなら連絡が先に来るはずだが。

「？　はーい、どうぞ」

「失礼します」

そう言って扉から入ってきたのは、ショートカットの似合う金髪の美女。

帝国の元女皇にして、いまはソーマの第三側妃となることが内定している、髪をバッサリと切ったマリア・ユーフォリアその人だった。

マリアの登場に、トリルは摑(つか)んでいたジーニャの腕を放して目を見開いた。

「マリアお姉様!?　どうしてここに？」

「トリルがここに居るって聞いたので」

そう言いながら入ってきたマリアは、微笑みを浮かべたままトリルの前に立った。その妙な迫力のある微笑みに、トリルはなにやら嫌な予感がして顔を引きつらせていた。

そんなトリルにマリアはさらにニッコリと微笑みかける。

「さて、トリル」

「な、なんでしょうか？　マリアお姉様」

「おうちに帰る時間です」

夕方に町のスピーカーから流れるアナウンスのようなことを言うマリア。

トリルは目をパチクリとさせた。

「えっと……パルナムの邸宅にってことですか？」

「いいえ。帰るのは貴女の生まれ育った都市ヴァロアです」

「帝都に!?」

「いまはもう王国なので王都ですね」

マリアが言っていたのはユーフォリア王国への帰還命令だった。

「すでに穿孔機(ドリル)の共同研究は成果を出しています。共和国の技術者タルさんも帰国していますし、貴女もそろそろヴァロアへと帰還するべきでしょう。ユーフォリア王国のほうでも確立した技術を担えるような、そんな人材を育成していかないといけませんし」

「そんな！……あっ、でも！　私には駐王国大使としての仕事が……」

「その仕事は私が引き継ぎます」

なんとか言い募ろうとするトリルを、マリアはバッサリと切って捨てた。

「実質的に二つで一つの国となったのです。私なら両国の架け橋になれますから」

「いや、でも、マリアお姉様もお忙しいんじゃ」

「私が留守の間は、ジンジャー殿の奥方であるサンドリア殿に代役をお願いしています。彼女は元々帝国民ですし、家族もいまだにユーフォリア王国にいますからね」

どうやら外堀はすべて埋められているようだった。

この細腕で長いこと帝国を統治してきたマリアなのだ。

この手の駆け引きで、トリルが敵(かな)うはずもなかった。

返す言葉を失ったトリルの手をマリアはそっと握り、やさしく微笑みかけた。

「マリアお姉様？」

「さあトリル、凱旋(がいせん)のときです。これからは貴女がジャンヌを支えてあげてね」

「そ、そんなぁ！　お姉様ぁ！」

トリルはジーニャに助けを求めて手を伸ばすが……。

「はいはいお姉様はここに居ますよ～。ヴァロアにも居ますし」

マリアはそう言ってトリルの手を引き、ジーニャの家から出て行ったのだった。

来るときも突然なら、帰るときも突然なユーフォリア家の姉妹。

そんな姉妹の様子を、ジーニャとルドウィンは呆気にとられた様子で見送った。

「なんというか……嵐が過ぎ去ったみたいだね」

静寂が戻ってきたあとでルドウィンがそうぽそっと呟いた。

その言い方に、ジーニャも苦笑してしまった。

「そうだね。でも、これで……」

「ジーニャ？」

ジーニャはピトッとルドウィンの腕にくっついた。

小柄なジーニャが大柄なルドウィンの腕に抱きつくには全身を使う必要がある。

「フフッ、これでようやくボクも、ルゥ兄との夫婦水いらずを楽しめそうだよ」

「あぅあ……そ、そうだね」

イケメン国防軍副大将は顔を真っ赤にしながら頷いたのだった。

# 第一章　特産物は使いよう

先のハーン大虎王国とグラン・ケイオス帝国との戦争中。

大陸最南端の国家であるトルギス共和国はそのどさくさに紛れて、大虎王国の同盟国だった傭兵国家ゼムに侵攻し、自国との国境近くの都市三つを陥落させた。

陥落させたとは言ってもゼムは大虎王国側に多数の傭兵を派遣していたため、国内の守りが薄くなっていたことから、共和国軍のさらなる北上に備えるため戦力を後方の都市に集中させていた。だから共和国軍はろくな抵抗に遭わなかったのだ。

戦後は落とした都市のうち、最も北に位置し、ゼムの防衛の要となる一都市のみ返還し、残る二つの都市は共和国の支配地域に組み込まれることになった。

これは帝国に実質的に勝利し、広大となった国土を安定させるため属国の問題に時間を割きたくないフウガ側の思惑と、共和国元首クー・タイセーの粘り強い〝ゴネ〟と、クーに海洋同盟の盟主だからと駆り出されたソーマの仲介があっての結果だった。

「ウッキャッキャ！　ようやくちょっとは北に行けたな！」

そんな新たに手に入れた都市を遠くから眺めながら、クーは笑っていた。

「フウガ・ハーンも一都市の返還だけで許してくれるとは剛気だねぇ」

「一時、支配権を与えたところでどうせ守り切れないと思われてるのでは？」

隣に立ったニケ・チマが肩をすくめながら言った。

槍（やり）の使い手で、知勇兼備の若き良将である彼はいまやクーの腹心だ。

クーは苦笑しながら「だろうな」と答えた。

「共和国の歴史を知ってるヤツならそう判断するだろうさ。北進政策を掲げていくつかの都市を奪ったとしても、結局守り切れずに放棄するの繰り返しだったわけだしな」

共和国軍は飛竜（ワイバーン）などの空軍戦力が封じられる冬季の戦闘には無類の力を発揮する。

しかし、飛竜（ワイバーン）などの騎獣の生育に適さない寒冷な環境のせいで空軍部隊を持てず、暖かくなり敵国が飛竜（ワイバーン）を出してくるようになると後手に回らざるを得ない。

さらに共和国の真冬は雪と氷に閉ざされてしまうため、落とした都市と本国との連絡が遮断されてしまう。だから折角（せっかく）都市を奪っても維持するのが難しいのだ。

フウガ陣営もそれがわかっていたのだろう。

一都市の返還のみで交渉を終わらせても、どうせすぐに奪い返せる、と。

しかし、クーは不敵に笑った。

「ウッキャッキャ！　だが、それはこれまでの共和国の話だ。オイラたちが造るこれからの共和国にまでその理屈が当てはまるとは限らねぇってこと、オイラたちのことを侮ったヤツらに見せてやろうぜ」

自信満々に言うクーに、ニケは目を丸くしていた。

「随分と強気ですね。勝算があるんですか？」

「はんっ、これでもソーマのところで統治を学んで来たんだ。支配下に置いた地域の人心を掌握するにはどうすれば良いかは、徹底的に調べてある」

「ソーマ殿というと、アミドニアを併合したときの方法ですか？」

ニケとは反対側に立ったクーの第二夫人レポリナが小首を傾げた。彼女は護衛役でもあるため、頭上のウサギ耳をピクピクさせて周囲を警戒しながら言った。

「放送で歌番組を流したんでしたっけ？　クー様もやるんですか？」

「ウッキャッキャ！　似たようなもんだが、そのまんまはやらねぇって。放送を用いての娯楽の提供は手段の一つに過ぎないわけであって、人心掌握のための本質はもっと深く、より単純なもんだ」

「単純……ですか？」

「ああ。簡単に言えば『目新しいものを提示する』ってことさ」

するとクーはアゴで前方を指し示した。

そこに集められていたのは二都市とその近隣に住む者たち数十名。

彼らは豪農だったり、大商人だったり、引退はしたが土地の盟主となっている元傭兵だったりといった、いわゆる有力者たちだ。今日、彼らはクーの命令によって呼び出され、いまは共和国軍の兵士たちに包囲されて戦々恐々としていた。

いまクーたちが集まっているのは山の麓だった。

有力者たちは『もしや二都市の支配の邪魔になりそうな自分たちをここで皆殺しにし、

死体は山に捨てるつもりなのでは』と思っていたのだ。

　集められた理由も説明されていないのだから無理もないだろう。

　そんな彼らを眺めながら、クーはニケとレポリナに言った。

「アイツらも昔の共和国と同じだ。長いこと培ってきた価値観なり、伝統なりがあって余所から来るものを受け入れにくい土壌がある。耳を塞いでしまっている相手は、いくら甘い言葉を並べたところで懐柔することはできないだろう。まずは耳を塞いでいる手を取り外さなきゃな。一瞬でも、心を無防備にさせる必要がある」

「それが『目新しいものを提示する』ってことですか？」

　ニケがそう尋ねると、クーは「おうよ」と頷いた。

「自分の想像もしなかったものを見たとき、人は驚き、心が無防備になる。一瞬、伝統やら持ってた価値観やらが取っ払われるんだな。その瞬間に、魅力的なものを提示できさえすれば、相手はすんなりとその凄さを受け入れざるを得ないってわけだ」

　するとクーはパンッと手を叩いた。

　その音に集まっていた者たちの視線が彼に集まる。

「兄貴はその手段として放送番組を使ったが、オイラはこれを使う」

　クーは愛用の棍を掲げて、首だけで振り返った。そして……。

「やってくれ！　タル！」

　そう叫ぶと棍を手に持って大きく振った。

――パンッ!!

すると、なにやら火薬の弾(はじ)けるような音が山から聞こえた、次の瞬間、

――ゴゴゴゴゴゴゴッ!!


大きな地響きが鳴り、大地が揺れて、山から鳥たちが一斉に飛び立った。

集まっていた者たちも「これは地震か!?」「まさか山滑りが起きたのでは!?」「に、逃げなくて良いのか!?」と混乱しているようだった。

そんな中でもクーは平然とした顔で、慌てふためく者たちに告げた。

「怖がることはねぇ！　アンタたちに見せたいものがあるんだ」

そう言うとクーは山の麓にある岩盤を棍の先で指し示した。すると、

――ガラガラガラガラ……


皆が見ていた先でその岩盤が崩れだし、中から巨大な円筒状の機械が出現した。

岩も土砂もまとめて砕き、突き進むその偉容を誇る機械は、トルギス共和国、フリード

ニア王国、グラン・ケイオス帝国で共同開発した穿孔機だった。

この二年間にクーは自前のトンネル建設用の穿孔機を造り上げていたのだ。

そしてゼムの都市をいくつか奪うことを決定したときから、ゼムとの国境を隔てている山にコツコツとトンネルを建設していたのだった。

「この機械が通った穴は、共和国の中心へと繋がっている！」

目を瞠っているこの地の有力者たちにクーは言った。

「これまで共和国はトルギス地方以外の都市を手に入れても、冬場の雪のせいで連絡を取りづらく維持が難しかった。しかし、このトンネルを使えば冬場の往来が随分と簡単になるだろう。共和国側に入ってしまえば、雪に強い騎獣も多いしな。これからはこの地方との物流も盛んになるだろう。……ウッキャキャッキャ！　こんな風にな！」

すると、トンネルの中からなにやらゾロゾロと出てくる集団があった。

籠を取り付けたヌーマスやスノーヤクなどの騎獣とそれを操る人々。

トルギス共和国側が用意した隊商だった。

クーは元ゼムの人々の前に隊商が持って来た籠を並べさせた。

その籠の中身を見た人々は驚きに目を瞠っていた。

籠の中にあったのは見るからに新鮮そうな魚たちだった。

甲殻類や貝類もあり、それらはまだ生きて動いている。

「さあとくとご覧じろ。ここに並んだのは今日トルギスの港にあがった海産物だ。お前さんたちは内陸の暮らしだから、新鮮な海の魚を食す機会は多くないだろう。うちもフリードニア王国に倣って物流には力を入れてきたからな」

クーはそう自信満々に語ると、穿孔機の先導を終えて合流した共和国随一の技術者にしてクーの第一夫人のタルから酒瓶をもらい、彼らの前に翳して見せた。

「まずはこの魚を肴に飲もうじゃねぇか！　堅っ苦しい話はそのあとだ！」

クーがそう宣言すると、人々から歓声が沸き上がった。

彼らは皆殺しにされて埋められるのではないかと思っていた。

しかし実際は命を取られないばかりか、穿孔機という見たこともない機会と滅多に食べられない新鮮な海産物を見せられ、さらには酒宴へのお誘いまでされたのだ。

恐怖からの解放と高揚による判断力の低下。

もはやクーたちを侵略者だと思う者は誰一人としていなかった。

有力者たちは見事にクーの術中にはまったのだ。


「さあみんな！　今日は思いっきり飲んで楽しんでくれ！　乾杯！」

「「「乾杯！　クー様と共和国に！」」」

夜の帳が降りた頃。そこからは警備の兵士たちを除いて、共和国軍と元ゼムの有力者たちと呼び寄せられたその家族たちが入り交じっての大宴会となった。

トンネルの前に簡単な天幕を張って宴会場を造り上げると、共和国から持ち込んだ魚で作った料理と酒が並べられる。その宴の席の真ん中では、クーは酒杯を片手にこれからのことを皆に語って聞かせていた。

「これからはお前さんたちも共和国の民だ！　このトンネルを使って新鮮な海産物もどんどん入ってくるだろう！　それだけじゃない！　この雪の少ない土地はトルギス共和国とフリードニア王国とグラン・ケイオス……あ、もうユーフォリア王国だったか。その三国を結ぶ重要な地点となる。人も物も集まって大いに発展すること請け合いだ！」

「「「おおおお！」」」

「海洋同盟はいまや大虎王国と勢力を二分するようになった。フウガがちょっかいかけてきても心配することはねぇ！　フウガたちにこんな山を貫通できるような立派な機械があるか？　いやない！　これを持ってるのは海洋同盟の諸国だけだ！　フウガが攻めてくるならオイラたちがこのトンネルを通って、必ず救援に駆けつける！」

「よっ、格好良いですよ、クー様！」

「ウッキャッキャ！　ありがとうよ！」

酔っ払いの合いの手にクーが手を振ると、人々から拍手が起こった。

そんなクーのご機嫌な様子をタル、レポリナ、ニケの三人は少し離れた場所で飲み食いしながら眺めていた。

「どうぞ、ニケさん。ホットワインです」

「あ、これはどうも」

レポリナにお酌されて、ニケは恐縮そうに頭を下げた。

受け取ったお酒で暖を取りながらも、ニケは、槍だけは手放さなかった。もしクーに害を為す者が現れたらいつでもこの槍で貫けるようにと。

そんなニケはクーの様子を観察しながらポソリと言った。

「クー様のあれ、酔っ払って調子に乗ってるように見せてますけど、素面ですよね？」

「当然」

そう答えたのはタルだった。

「クー様が飲んでるのは乳酒ではなくただのミルク」

「相手の心を開くために油断しきった様子を見せながら、その実、まったく油断していないんですよね。心を摑むために剽軽ささえも利用している。やはり器が違います」

レポリナがそう言うと、タルはコクリと頷いた。

「為政者として満点。夫としたら減点五」

「ん？　なんでですか？」

レポリナが尋ねると、タルはツンとそっぽを向いた。

「仕事に掛かりっきりで可愛い奥さん二人を放っているから」

「アハハ……たしかにそうですよね。ちなみに何点満点なんですか？」

「百点」

「減点されても九十五点じゃないですか。ベタ惚れですね」

そんなことを語らうクーの二人の奥さんたち。

彼女たちは理解しているのだ。クーはいまもまだ戦っていることを。

そしてその戦いに勝利すると確信を持っている。

そんな三人の間にある信頼を感じとったニケは、

（……クー様たちを見てると、奥さん欲しくなるよなぁ）

……と、そんなことを思ったのだった。

――一方、同じ頃。

遠く離れたフリードニア王国では、ソーマが政務に忙殺されていた。

これはもういつもの光景と言っていいのだが、最近はとくに持ち込まれる仕事の量が増加傾向にあった。これはマリアが女皇の座を退位してソーマに嫁ぎ、新女王になったジャンヌのもとに黒衣の宰相ハクヤが婿入りして、フリードニア王国とユーフォリア王国が『二つで一つの国』となったことで、調整が必要になる事案が増えたためだった。

そんなわけで今日も今日とてソーマは、妻リーシアと政務をこなしていた。

窓の外が暗くなった頃。

「失礼します。陛下」

ユーフォリア王国にいるハクヤに代わり、宰相代理となったイチハがやってきた。

「イチハ？　どうかしたか？」

ソーマに尋ねられて、イチハはしっかりと背筋を伸ばして報告した。

「ポンチョ殿が戻られました。陛下のご家族用の食堂でお待ちです」

国王夫妻や官僚たちの視線が集まる中、実に堂々としている。

さすがハクヤの後継者候補。宰相代理が板に付いてきたようだ。

ソーマは頷くと、書類仕事を中断した。

「少し休憩しよう。リーシアも来る？」

「そうね。なにか面白いものが見られそうだし」

ポンチョをどこに派遣していたのかを知っている様子のリーシアは、和やかに笑いながら手にしていた書類の束を政務机の上に置いた。

その瞬間、ドサッという音がして、ソーマは顔をしかめた。

（まだこんなにあるのか……まあ、後でいいか）

ソーマは気を取り直すように頭を振ると政務室を後にし、リーシアとイチハを連れてポンチョが待っているという食堂へと向かった。

食堂に辿（たど）り着くと、すでにポンチョが派遣の成果である品々を長く広いテーブルの上に広げていた。ポンチョはソーマたちに気付くとペコペコと頭を下げた。

「こ、これは陛下。お妃様も。ご機嫌麗しゅうございます。ポンチョ・イシヅカ・パナコッタ、本日帰国しましたです、ハイ」

「お疲れ様、ポンチョ」

ソーマが労いの言葉を掛けると、隣のリーシアが「うん？」と小首を傾げた。

「ポンチョ殿……また痩せてる？」

「言われてみれば……」

ソーマも頷いていた。たしかに以前の急激な激やせってほどではないけど、普段の丸々としているフォルムよりは少しシュッとしているように見える。

するとポンチョは困ったように笑いながらポリポリと頬を掻いた。

「その……セリィナさんとコマインさんが〝次〟を欲しがってましてて……ハイ」

「「　ああ……　」」

ソーマとリーシアはすぐに理解した。これは以前にもあったことだ。

きっとまた、セリィナたちが夜に張り切っているのだろう。

横で聞いていたイチハも察したのか、顔が真っ赤になっている。

「……なんというか生々しい話ですね」

「いや、キミもそろそろそういうことを考えないといけないお年頃なんだからね？」

「そ、そうでしょうか？」

「まあ、その話は後にしよう。それよりもだ」

ソーマは微妙になった場の空気を変えるようにポンと手を叩いた。

「それで、どうだった？　ガーラン精霊王国は」

「あ、ハイ。いやはや精霊王国まで行って任務をこなして帰ってくるまで一週間もかからないとは、凄い時代になったものです、ハイ」

ポンチョが苦笑しながら言うと、リーシアがソーマを見た。

「たしかノートゥン竜騎士王国に依頼したんだっけ？」

「ああ、うん。シィル女王にポンチョの送り迎えのために竜騎士を派遣してくれるよう依頼を出したんだ。いや〜竜騎士王国の『運び屋王国』化は思った以上に便利だわ。いままでうちだとナデンとルビィくらいしかできなかった高速長距離輸送が簡単にできて、人も物資も自由に移動させられるし」

とくに配下の移動手段として使えるのが魅力的だった。

その気になれば、いまはユーフォリア王国にいるハクヤも丸一日くらいあれば連れてこられるし、逆にフリードニア王国側から人や物資を送り込むことも容易だ。

「いまは国家としての依頼のみに絞っているけど、グローバリズムが進めば竜騎士王国は今後、世界にとって必要不可欠な存在になっていくことだろうな」

「すごい国になりそう……シィル女王も頑張ってるのね」

リーシアが感心したように言った。

するとポンチョはテーブルに広げた物を指し示した。

「陛下からのご依頼のとおり、精霊王国内で交易品となりそうなものをいろいろと持ち帰ってきましたのです、ハイ。国王ガルラ殿も我が国との交易に前向きのようです」

ソーマがポンチョを精霊王国に派遣したのは、ガーラン精霊王国との交易品を調査してもらうためだった。いまの精霊王国は父なる島の独立政権のみがフウガの大虎王国に所属し、母なる島の本国は独立したまま、という体裁をとっている。

ただ『精霊王の呪い事件』（または『魔虫症事件』）のときに、自国内だけでは対処できないことがあることを思い知らされた母なる島のハイエルフたちも、旧態依然とした体制ではマズいと思い知り、外の世界との交流にも前向きになっていた。

精霊王国はまさに文明開化の時代を迎えている。

父なる島の独立政権の代表となったエルル姫が仲介者となり、フウガの大虎王国とも取引しているし、それとはべつに海洋同盟との取引も希望してきたのだ。

ただフリードニア王国からは医療品や食料品などいろいろ出せるものがあるけれど、果たして精霊王国側に魅力的な交易品はあるのだろうか、とソーマは考えた。

一方的に品物を売りつければ、相手からは資金の搾取と受け取られかねない。

貿易摩擦を起こさぬよう精霊王国側にも目玉となる交易品が必要だった。

その調査のために、食のプロフェッショナルであるポンチョを派遣していたのだ。

さすがのポンチョも鎖国中の精霊王国には行ったことがないようで、当地の食文化に興味があったらしい。ポンチョはニコニコ顔で持ち帰った箱を手に取った。

「いや〜精霊王国の食文化も中々に興味深かったです、ハイ。ハイエルフの方々は神護の森のダークエルフ族のように森の恵みだけで生きているのかと思いきや、普通になんでも食べるようですし。とくに高温多湿な土地柄からか、食料保存のための香辛料を用いた食文化が花開いているようです、ハイ」

「香辛料か。そういえばメルーラもそんなこと言ってたな」

なんでもカレー粉の材料に入ってそうな香辛料が栽培されてるんだとか。

ポンチョはウキウキ顔で「ハイです、ハイ」と頷いた。

「大陸では見たこともないような香辛料も数多くあり、これらは良い交易品となると思いますです、ハイ。いくつか持ち帰っているので料理に応用できないか、いまから試すのが楽しみです。はぁ〜……まずは鶏肉ですかね。それぞれ塗り込んで焼いたらどんな香りになるのでしょうかなぁ〜」

できあがる料理の味を想像したのか、ポンチョが緩みきった顔で言った。

そんなポンチョの顔を見て、ソーマたちもなんだかお腹が空いてくるのを感じた。

かつて居た世界のカレーの匂いを、鮮明に思い出せるソーマはとくに。

（九頭龍諸島にも大陸にはない香辛料があったし、組み合わせることで日本風のカレー粉が作れたらいいんだけどなぁ。そうすれば料理のレパートリーも広がるし……なにより俺自身がカレーを食べたい。もう何年も食べてないからなぁ……はぁ……）

「……ソーマ、よだれ出てる」

「おっといけない」

リーシアに指摘されて、ソーマは口元を拭った。

「それで、香辛料の他にはなにかあったか？」

「あ、ハイ。いくつか見たことのない作物があったのですが……あと注目しているのはこの『豆茶』ですかね。大陸でも一部地域では飲まれていますが、あまり出回ってはいません。しかし精霊王国では大量に栽培しているようです」

「『豆茶』？」

「これです、ハイ」

ソーマはポンチョから茶色い豆の入ったビンを渡された。あれ、これって……とビンの蓋を開けて、中の豆の匂いを嗅いでみる。……うん、間違いない。

「これ、珈琲豆か？　あっ……そうか。その豆茶っていうのが」

「陛下の仰るとおり、珈琲の一種です、ハイ」

「よっしゃっ！」

思わずガッツポーズをとるソーマを、リーシアがキョトン顔で見ていた。

「珈琲って以前ジーニャのところでも飲んだでしょ？　喜ぶようなこと？」

「もともと紅茶より珈琲派だったというのもあるんだけど……どうも北の方の産物っぽくて、うちだとあんまり流通してなかっただろ？　ジーニャも北から来た難民たちから仕入れたらしいし、あくまでも嗜好品って感じで常飲するにはお高い」

「うん。まあ、そんな感じよね」

リーシアもコクコクと頷いた。この国ではそういう認識らしい。

ソーマは豆を手に取って匂いを嗅いだ。

「この豆に含まれているカフェインには眠気覚ましの効果があるんだ。夜遅くまで仕事するときや、勉強するときなんかによく飲むイメージだな」

「それは……ソーマにこそ必要な飲み物ね」

王城での政務は根気との闘いだ。

ソーマにとっては在宅ワークのはずなのに残業・徹夜も割とある。召喚されてすぐのころほどではないにしても、最近もまた睡眠時間が削られる日々が続いている。

これまでは濃く煮出した紅茶などで代用していたけれど、これから毎日珈琲が飲めるようになるなら、それはソーマたちにとって強い味方になるだろう。

「ああ、やっぱいいな。大量に手に入るなら、同じように政務に忙殺されているだろうハクヤにも送るか……香辛料もそうだけど、ある程度の量をまとめて輸入したいなぁ」

「それは精霊王国も喜ぶと思うのです、ハイ」

「ああ……でも、香辛料も珈琲豆も商品作物だからなぁ」

ソーマがガシガシと頭を掻きながら言うと、リーシアがポンと手を叩いた。

「あー。うちの食料不足の原因になったあれね」

リーシアもちゃんと憶えていたようだ。

「輸出用に商品作物を増やしすぎると、食糧自給率が下がって、なにかのはずみで食料不足に陥りかねないからな。手に入った資金で他国から食料を輸入してもいいけど、それに頼りすぎるのもよくないし。……ここらへんはガルラ殿と相談しながら、バランス調整していくしかないか。……まあ、まずはそれよりも」

「ん？」

「折角だし、みんなで味見してみようか」

ソーマは早速その豆で家族や仲間たちに珈琲を振るまうことにした。

結果としてはジュナとロロアは好きだと言い、アイーシャとナデンは苦手だと言っていた。リーシアとマリアはその中間くらいらしい（砂糖とミルクありで美味しく飲める）。

意外にもトモエ、イチハ、ユリガの三人は気に入ったようだ。流通するようになったら、ルーシーの実家のパーラーに紹介したいと言っていた。

珈琲系のスイーツが作られるようになるのもすぐだろう。

ソーマはそんなみんなの反応を眺めながら、

（意外なところで心強い味方を得られたな）

と、そんなことを思い、ミルクだけを入れた珈琲を啜るのだった。

# 第二章　賢狼姫は告らせたい

王都パルナムではこのところ、ソーマの生涯二度目となる婚礼の儀の準備が急ピッチに進められていた。相手はもちろんマリアとユリガだ。

東で着実に力を付けてきた国王と、崩壊したとはいえ西で大国を統治していた女皇が結婚、さらに大虎王国から留学していたユリガ姫もソーマに輿入れしてくるという。

この大イベントに熱狂しないフリードニア王国国民はいなかった。

また同日にはフリードニア王国が誇る黒衣の宰相ハクヤと、ユーフォリア王国の新女王ジャンヌの婚礼も同時に行われるという。

こちらはユーフォリア王国で行われるのだが、黒衣の宰相がジャンヌの王配になるという報せもまた国民たちを熱狂させ、彼を秘かに狙っていたフリードニア王国の女性たちを落胆させたという。

パルナムではいま、ソーマとリーシアを始めとする五人の妃たちの婚礼の儀に勝るとも劣らないほど、お祭りムードに包まれていたのだ。

そしてあのときと同じように王都中で結婚式を挙げるために、同時に結婚式を行う家臣たちが募集されていた。有名どころだと反逆者の汚名が返上されたゲオルグ・カーマインの娘ミオと財務大臣のコルベールの結婚式が予定されている。

これは先日、そんなカーマイン家の領地で交わされた会話なのだが……。

「おめでとう、コルベール。お前もついに嫁をもらうのか」

二人の結婚が公表された後。妻のティアと共にカーマイン領へとやってきたユリウスが古くからの友に祝福の言葉を送ると、コルベールは苦笑しながら頷いた。

「ありがとうユリウス。正確には私が婿にもらわれる立場ですけどね」

「そうか……婿養子になるんだったな。これからはコルベールとは呼べんな」

コルベールはフルネームだとギャッツビー・コルベールなのだが、ギャッツビーよりはコルベールのほうが呼びやすいからと、ユリウスとロロアが家名で呼んでいた。

それが他の者にも共通認識として伝わり、家名が名前のようになっていた。

しかしカーマイン家に婿入りするとなれば、彼はギャッツビー・カーマインとなる。

名前からコルベールは消滅するわけだ。

「べつに良いのではないか？　コルベールでも」

そう言いながらやって来たのは、ユリウスとティアの子供であるディアスを抱かせて貰っているミオだった。その後ろにはニコニコ顔のティアもいる。

ミオはディアスをティアの腕の中へと返すと、コルベールの肩に手を置いた。

「ビー殿はビー殿だ。誰になんと呼ばれようとそれは変わらないだろう」

「ミオ殿……」

「それに、気になるなら【コルベール】をミドルネームに残すよう、陛下やロロア様に頼んでみたらどうだろう。ギャッビー・C・カーマイン(コルベール)として」

「いやいやミオ殿、それはさすがに……マクスウェル家のように政治的な意図でもなければ抜ける家名をわざわざ残すようなことは……」

「ふむ、良いかもしれん」

「ユリウス!?」

目を瞠(みは)るコルベールに、ユリウスはフッと笑った。

「お前をコルベールと呼べなくなるのは、ロロアにとっても淋(さび)しいことだろう。明日登城したときにでも頼んでみることにしよう」

「……………」

結果として【コルベール】をミドルネームとして残す案はあっさりと採用された。

ソーマにしてもこれまでコルベールと呼んで来た相手を、急にギャッビーとかカーマインとか呼ぶのは混乱するのでちょうど良いということらしい。

そんな風に王都中で結婚式の準備が進む中、ひっそりと結婚式を準備する者もいた。

賢狼姫(けんろうき)トモエの実母であるトモコと、黒猫部隊の副隊長であるイヌガミだった。

イヌガミはトモエの護衛としてイヌイ家との関わりを深めており、トモエの実弟のロウなどは実父の記憶がないため完全にイヌガミを父親だと思っていた。

イヌガミとトモコも思い合っているようだったので、いい加減に籍を入れたらどうだと周囲から促されたのだ。

　ただし、イヌガミは隠密部隊のメンバーであり、トモコにしても再婚であるため、あまり大々的に式を挙げるのは本人たちの望むところではなかった。

「だったら他の結婚式に紛れて挙げちゃいましょう」

　というトモエの発案により、合同結婚イベントの中で結婚することになったのだ。すでに自分も結婚を考える年頃になっているトモエも、実母の幸せを願っていたのだ。

「それで……良いんですか？　トモエさんは」

　トモエの話を聞いていたイチハが尋ねた。トモエはキョトンとした。

「良いって、なにが？」

「イヌガミさんがお義父さんになることです。内心複雑だったりしないのかなって」

「う～ん……いまさらじゃない？」

　気遣うような視線のイチハに、トモエは小首を傾げた。

「ほら、私って血は繋がってないけど家族って人、多いし」

「ああ……」

　イチハは言われてみればと納得してしまった。

　トモエの家族と言えば、実母のトモコ、実弟のロウ、義父母のアルベルトとエリシャ、義姉のリーシア、義兄のソーマと錚々たるメンバーだった。

　またソーマの奥さんたち全員からも妹扱いされている。いまさらイヌガミ一人が義父として加わったところで、感覚としてはさして変わらないのだろう。

　トモエは自分の頬に手を当てながら、ほうっと息を吐いた。

「それに、イヌガミさんなら良いかなって。私も護衛としてずっと見守ってきてもらってきたんだし、お母さんが幸せならそれが一番だと思う」

「……そうですね」

「まあ、お母さんとイヌガミさんのことばかり気にしてもいられないんだけどね」

　そう言うとトモエはチューーッとストローでフルーツジュースを啜った。

　ここはルーシーの実家であるエヴァンズ商会が経営しているパーラーで、今日のトモエとイチハは二人っきりで訪れていた。早い話がデートである。

　お互い思い合っている様子にもかかわらず、なかなか進展しない二人の関係に業を煮やした友人たちによって、強引に二人っきりで遊びに行かせられることが、数年前から多くなっていた。だというのに、二人の関係はあまり変化が見られなかった。

「「………」」

　それというのも、イチハがなかなか決定的な最初の一歩を踏み出そうとしないからだった。チマ公国では長いこと才能を評価されず、無能として蔑まれ、いびられるという幼少期を過ごしたせいで、イチハの自分への自信のなさは筋金入りだ。

トモエから向けられる好意も、自身のトモエへの好意も自覚しているのだが、自分がこの国の姫であるトモエと釣り合うのかと悩んでしまったのだ。

しかし、すでにイチハの才能はこの国に来て開花し人々にも認められている。

ソーマの周辺やこの国の上流階級にいる者ほど、トモエ姫に釣り合うことができる人物といえばイチハしかいないだろうと思っている。むしろなにも知らない国民などは、二人がすでに婚約していると思っているほどなのだ。

外堀も内堀も完全に埋まっているし、イチハだってトモエという本丸を攻略したいと思っている。その本丸のトモエにしても門の閂を外して待っている状態だ。

それでも二の足を踏んでしまっているのは、イチハの内気な性格のせいだろう。

(……もう！　埒があかないです！)

だから今日、トモエは勝負に出ることにした。

イチハに、踏み出すと同時にゴールテープを切ることになるであろう、最初で最後の一歩を踏み出させる。この日のために（？）義兄の第一側妃ジュナから教わってきた、大人の女性らしい手腕や立ち居振る舞いを駆使しても。

――そう。賢狼姫は告らせたいのだ。

「そう言えば、ユリガちゃんも結婚するんだよねぇ」

トモエはまずジャブ的な話題から繰り出すことにした。

「まあ結婚はするけど、子供を作るのはもう少し先にするよう話し合ってるんだけどね。ユリガちゃんもまだしばらくは魔導サッカーの選手を続けたいらしいし」

「そうなんですか？」

「うん。ほら、私、侍中になるから」

トモエはマルクスの後を引き継ぎ、王城内の行事や王家の人々の健康管理を行う侍中職に就くことが内定していた。その業務の中には王家の血を残すための、言ってしまえば子作りの管理も含まれていたのだ。

つまりユリガの家族計画はトモエの手の内にあると言ってよく、最近ではユリガをからかうネタにしていた。真っ赤になって怒るのが可愛いらしい。

トモエはそのときのユリガの顔を思い出して、クスリと笑った。

「まあ義兄様たちも、ユリガちゃんの意思を尊重したいって言ってるし」

「なるほど。まあ王家を継ぐ人物としてはシアン王子もカズハ姫もいますからね。大虎王国との関係を考えても、あまり性急にことを進めることもないでしょう」

「うん。だから……いまは私のほうが問題かも。最近、お見合い話が多くて」

トモエはまずは一発、ストレートを放った。

「この合同結婚イベントにあてられた人が多いのかな。私をお嫁さんにという騎士・貴族の方からの申し込みが多くて……困ってるんですよね」

「……………」

トモエは「ふう」と悩ましげに溜息を吐いたが……嘘である。

賢狼姫と謳われるほど賢いトモエはソーマたちに事前に根回しをし、お見合い話はすべてシャットアウトするよう頼んでいたのである。

自分にはちゃんと思い人がいるからと伝え、妹分の恋バナに沸き立ったリーシアたちお妃グループを味方に引き入れることによって、「拒絶しきると外聞が悪いし、会うだけ会ってくれないかな」と困り顔で言うソーマたちを封殺したのだ。

つまり、いまトモエに来ているお見合い話などなし！　完全なるブラフ！

ただイチハを焦らせて自分にプロポーズさせようという策略！

これが賢狼姫の本気なのである！

一方で、イチハはというと……。

「そうなんですよね。ボクの所にもお見合い話がすごく届いてますし」

「……………」

マジである。

イチハはこの国で才を見出され、その名声は国中に鳴り響いている。

しかもユーフォリア王国に行ったハクヤに代わって宰相代理の職に就くことが確定している。これほどの玉の輿はなく、年頃の女性がいる上流階級の家々は、なんとかイチハとお見合いできないかと画策していた。

しかもイチハは他国から来たものということもあり、トモエのように強い後ろ盾を持っていない。お見合いを断ることが難しいのだ。王立アカデミー在学中はトモエが傍にいたこともあり、国王の義妹の不興を買うのはまずいと諸家は自重していた。

しかし、卒業したいまとなっては自重する必要がなくなったのだ。

いずれトモエと婚約するのだとしても、その前に送り込んで縁を結び、第二夫人・第三夫人として選んでもらいたいと考える家も多かった。

そのことはトモエもよく理解していた。

焦らされるどころか、無自覚にトモエを焦らしてしまう！

天然の誑し！　それがイチハ・チマなのである！

だが、それで怯むトモエではなかった。

「でも、それならなおさらキチンとした後ろ盾を持つべきだと思うよ。キチンとした権力者が背後にいる人を婚約者に迎えれば、他のお見合い話ははね除けられるだろうし。王家に繋がりを持ってる人なんかがオススメかな」

ここで露骨に自分はどうですかとアピール！

トモエは国王ソーマの義妹であり、最高権力者の後ろ盾を持った女性と言えば彼女である。トモエと婚約してしまえば他のお見合い話はすべてはね除けられるだろう。

だから私にプロポーズしてよ、と。

トモエは期待を込めた視線をイチハに向けるのだが……。

「う～ん……でも、お見合いが嫌だから婚約者になってってお願いするのは、相手の女性に対しても失礼なんじゃないかなって」

　イチハ、持ち前の誠実さのため、このキラーパスをまさかのスルー！

　言っていることは誠実だし、正論である。

　そのため、トモエも下手に食い下がることができなかった。

　しかし、トモエも諦めない！

「それをいうなら、その気もないのにお見合いするというのも不誠実じゃない？」

　正論に正論を被せる！　これにはイチハも思案顔になった。

「そうなんですよね……回数を重ねる毎に断るのが難しくなっていきますし、かといって無視し続けるわけにもいかないのですが……」

「だ、だったら……」

「トモエさんはどうしているのですか？　お見合い話が持ち込まれてるんですよね？」

　ここでまさかのカウンター！

　初手でイチハのことを焦らそうとしたことが裏目に出てしまった形だ！

　トモエはお見合い話を完璧にシャットアウトしてきたため、そこで苦労したことはなかったのだ。トモエは視線を泳がせながら、平静を装ってお茶を啜った。

「そ、そうですね……結局は、誠実にお断りするしかないかなって」

「そうですよね……」

当たり障りのないことを返すのが精一杯のトモエの言葉に、イチハはうんうんと頷いていた。トモエは平静を装ってはいるものの、カップを持つ手は震えていた。

（うぅ……やっぱり私、大人の女性ぶるの苦手です……）

これまで成長するにつれて視野が広くなっていくユリガに対抗するように、トモエはジュナから大人の女性としての立ち居振る舞いを習ってきた。

その成果もあってか、ソーマに登用された当初のように大人相手にビクビクすることもなく、どんな相手に対しても余裕をもって応答できるようにはなった。

しかし、それはあくまで表面的なやりとりのみで完結できるような浅い関係性の相手に対してだけであり、イチハのように仲を深めたいと思っている相手に対して余裕があるように振る舞うためには、彼女はまだ経験不足だった。

なにせ彼女にとってイチハは初恋の相手である。

そんな関係性のままここまで来てしまったのだから。

トモエはカップの中へと視線を落とした。

（ダメです。打つ手が思いつきません。どうすればいいでしょうか、ジュナさん）

心の師匠に助けを求める。

すると不意に耳の奥にジュナの言葉が蘇った。

『頭で考えるだけでは行き詰まるときもあります。ときには自分の気持ちに正直に振る舞うことも大事ですよ。案外、素直な気持ちのほうが上手くいくこともあります』

それはある日、ジュナがトモエに語って聞かせた言葉だった。

『私も以前に、家の事情よりも自分の気持ちを優先したことがあります。アミドニア戦での論功行賞のときでしたね。おそらくあの場面での正しい答えは、大母様の孫娘としてウォルター家やバルガス家のために行動することだったのでしょう。ですが、大母様がそんな私の背中を押してくれて、私は、私の望みを陛下に伝えることができました。フフッ、いまとなってはあのとき、自分の気持ちに素直になって良かったと思っています』

ジュナはそう言いながらトモエの頭を撫でてくれた。

あの大人なジュナでさえも感情にまかせた行動をとったことがある。

その事実は、トモエの背中を押すのに十分だった。

「……やだよぅ」

絞り出すように出した声。イチハはハッとして顔を上げた。

すると目の前のトモエの目から涙がポロポロとこぼれ落ちていた。

突然の事態にイチハは慌てふためいた。

「ト、トモエさん!?　一体なにが……」

オロオロするイチハに、トモエは感情にまかせた言葉を紡ぐ。

「イチハくんが、他の人と結婚しちゃうなんてやだぁ。これまで……ずっと一緒に居たじゃない……これからも、ずっと一緒に居てよぅ……ぐすん……」

「それは……はい。ボクもずっと一緒に居たいと思っています」

「ぐすっ……それは、家族として？　一生一緒にいてくれる？」

ぐずりながら尋ねるトモエ。イチハの頭の中はいかにしてトモエの涙を止めるかで一杯になり、それまでの自制や自信のなさは取っ払われていた。

だからこそ、ほぼ条件反射的に心の中に留めていたことが口から出た。

「もちろん、家族としてです！　僕だって生涯を添い遂げるならトモエさんがいいと思っていますから！……あっ」

自分が口にしたことを遅れて理解し、イチハは目を丸くしていた。

それは間違いなくイチハの口から放たれた、トモエへのプロポーズの言葉だった。

するとまたトモエの目からポロポロと大粒の涙が溢れ出した。

さっきの零れるような涙とは違い、今度は本気の大泣きだった。

イチハはもうオロオロしっぱなしだった。

「あ、あの……トモエさん？」

「……よ、」

「よ？」

「良かったアア、良かったよオオ……イチハくんが、プロポーズしてくれた……」

イチハにプロポーズされて、緊張の糸が切れたのだろう。

溢れたのはうれし涙だった。

イチハはその涙を見て、トモエがずっと自分の言葉を待っていたのだということを理解

した。彼は泣きじゃくるトモエを見て躊躇っていたが、意を決すると席から立ち上がり、トモエの背後に回ってそっと彼女を抱きしめた。

「その……意気地が無くて、待たせてしまったようで……すみませんでした」

「ぐすんっ……ホントだよ。イチハくんのバカ」

トモエにそう言われてイチハは苦笑した。

彼女をこんなにまで思い悩ませた自分はたしかに大馬鹿だろう、と。

「はい。こんなボクですが、これからもよろしくお願いします」

「うん」

トモエは身体の力を抜いて、頭をイチハに預けた。

しばらくして落ち着いたころ。トモエはポンと手を叩いた。

「それじゃあ、義兄様たちに婚約したことを報告に行こうか」

「えっ、いますぐにですか?」

「うん。婚礼の儀に婚約を発表できたほうが良いと思うし」

さきほどまで大泣きしていたというのに、トモエはクスクスと笑いながら言った。

その切り替えの早さに、イチハは自分のこめかみを押さえた。

「……まさか、さっきの涙は演技……ってことはないですよね？」

「ふふっ、私にはそんな器用なことはできないよ。それが今日、よくわかった」

トモエは柔らかく微笑みながら言った。

「だから自分の感情をさらけ出した。それが上手くいっただけだよ」

「……敵いませんね」

そのトモエの笑顔を見て、イチハは完全に白旗をあげた。

思えば今日はトモエに感情を揺さぶられてばかりだった。

トモエは頭で考えたときより、素で振る舞ったときのほうが小悪魔めいている。

それを理解したイチハは、これからも彼女に振り回されるんだろうなぁという予感がして、満更でもない感じの溜息を吐いたのだった。

本日の勝者：トモエ（イチハのプロポーズを勝ち取ったため）

# 第三章　各国の女性たち

冬だがよく晴れていたため太陽は暖かく、うららかな陽気だった日の午後。

いまだに政務に忙殺されているソーマと官僚たちを余所に、王城の中庭にある庭園の一角では、ソーマの妃三人によるお茶会が開かれていた。

正確にはソーマの妃一名と、これから妃となる二名ではあったが。

「アイーシャさん、お茶のお代わりはいかがですか？」

「あっ、その、ありがとうございます」

マリアに手ずからお茶をカップに注がれて、アイーシャは恐縮しきりのようだった。

今後の序列で言えばアイーシャのほうが立場が上になるのだが、さすがに大国のトップであったマリアの貫禄には適うはずもなかった。

マリアはニッコリと笑うと、今度はもう一人の妃候補のほうを見た。

「ユリガさんもいかがですか？」

「あっ、まだ入ってるからいい……です」

ユリガは緊張しきった様子で丁重にお断りした。

この場に居るのは第二正妃のアイーシャ、第四正妃候補のユリガ、そして第三側妃候補のマリアの三人だ。給仕は自分でするからと、マリアが侍従の同席も遠慮してもらったため、本当に三人だけのお茶会だった。

自分の席に着いたマリアは、穏やかな笑顔をユリガに向けた。

「同じときにソーマ殿に嫁ぐことになるユリガさんとは、一度ゆっくり話してみたくて」

「は、はあ……そうなんです、か」

ユリガは顔を強ばらせながら言った。内心では冷や汗ダラダラだった。

(私としては遠慮したいんだけどなぁ……)

なにせユリガはマリアの帝国を崩壊させたフウガ・ハーンの妹なのだ。

国を崩壊させた男の妹と、崩壊させられた国の女皇だった女性。

そんな剣呑にもなりかねない関係性の二人。

それが今度は同じ男性のもとへ嫁いで家族になろうとしている。

これほど数奇な運命は、これまで読んだ本の中の登場人物も体験していないだろう。

これが英雄の妹として生まれた者の運命なのか、とユリガは嘆いた。

マリアだけではなくイチハやサミなど、関係性が複雑な人物が近くに多すぎないかと、ユリガは運命の神様なんてものがいるなら理不尽だと抗議したくなった。

「ユリガさん」

「は、はい！」

マリアに声を掛けられて、ユリガは我に返った。

「フフフ、そんなに緊張しなくていいですよ」

マリアはクスクスと笑った。その笑顔を見てもユリガの緊張は解けない。

「いえ、そんなこと言われても……」

「べつに取って食べたりはしませんし。ほら、私が貴女を害そうとするなら、武勇に秀でたアイーシャさんが止めてくれるでしょうし。ね？」

「えっ!?　私はそのためによばれたのですか!?」

今度はアイーシャが目を丸くする番だった。

マリアは「フフッ、冗談です」とウインクしながらペロッと舌を出した。

いまのやり取りだけでアイーシャとユリガは、今後立場がどうなろうと「この人には敵わないかもしれない」と理解した。この余裕と茶目っ気たっぷりにからかってくる雰囲気は、海千山千のエクセルにも匹敵すると思った。

するとそんなマリアは居住まいを正し、ユリガに向けて頭を下げた。

「ユリガさん……ありがとうございました」

「っ!?」

いきなりの行動にユリガのほうが慌てさせられた。

「ちょっ、なんですか!?　頭を上げてください！」

「いいえ、貴女には一度きちんとお礼が言いたかったのです」

マリアは顔を上げると真っ直ぐにユリガの目を見つめた。

「私が考え、ソーマさんが受け入れてくれた計画に、貴女の助力もあったと聞いています」

「……べつに、マリア殿のためじゃないわ、です」

ユリガはプイッとそっぽを向きながら言った。

「お兄様にとっても利があることだと思ったから乗っただけ。それだけよ」

ユリガは帝国と大虎王国との戦争に、フリードニア王国が介入するのを止めなかった。大虎王国側からしてみれば、介入しないよう牽制できるようにと考えてのソーマとユリガの婚約だったにもかかわらずだ。むしろユリガはハクヤが腹を決めるよりも前に、ソーマにこの計画を打ち明けられ、協力することを決めていた。

「お兄様の目論見はマリア殿に降伏してもらって、国も、民も、官僚もすべて手に入れるつもりだった。だけどマリア殿に降伏する意思がなかった」

ユリガはツンとそっぽを向きながら言った。

「帝国内の親マリア派閥を敵に回したまま帝国全土を手に入れても、結果的に国を維持できずに瓦解するのは目に見えています。だったら、ある程度の領土と官僚をもらって実質的な勝利を手にしつつ和睦するほうが良い。そのほうがお兄様の悲願である魔王領攻略への近道になる。そう判断しただけです」

「はぁ～、よく考えられていたのですなぁ」

武勇は他者の追随を許さないアイーシャだったが、政治的なセンスはほぼ持ち合わせていないため、心底感服したような声をだした。

もっともセンスがないからこそ出てくる素直な称賛の言葉は、ユリガにとってはむず痒く苦手なものだった。ユリガはコホンと咳払いをした。

「ハクヤ先生の弟子は、トモエやイチハだけじゃないってことです」

「なるほど」

「私の仕事は、戦後にそのことをお兄様に伝えて、お兄様のこの国とソーマ殿への反感を減らすこと。いまこの国と諍いを持つことは両国にとって損失が大きいですから、そのことをしっかり伝えています」

「素敵です。立派なお考えをお持ちなのですね」

マリアはポンと手を叩くとニッコリ笑った。

「兄上の理想に理解を示しつつも、しっかりと現実を見据えた選択ができる。ユリガさんはどこか、妹のジャンヌに似た雰囲気を感じます。貴女たちのような妹が持てたことは、私やフウガ殿にとっての幸運でしょう」

「か、買いかぶりすぎです」

「そんなことはありません。そんなユリガさんだからこそ、私は仲良くなりたいのです。貴女は私に負い目のようなものを感じているのかもしれませんが」

「そ……そんなことは……」

「先程言ったとおり、私自身は貴女に感謝こそしても恨みに思ってなどいません。それなのに負い目を感じられて仲良くなれないとしたら、そっちのほうが残念です」

マリアは椅子から立ち上がって身を乗り出すと、ユリガの手を取った。

「これから家族となるのですから、ユリガさんとも姉妹のような関係を築きたいです！」

「うぅ……」

マリアの距離感の近さとその詰めるスピードの速さにユリガはタジタジになり、アイーシャの方に助けを求めるように視線を送った。しかしアイーシャはモグモグと用意されていたお菓子を食べながら首を横に振った。

「（ごっくん）……べつに裏はないと思いますよ。ジュナ殿とタイプが似てるようですし、好きなようにさせてあげるのが一番です。悪いことにはなりませんから」

「いや、そんなこと言われても……」

「だって、ジャンヌとは離れてしまいましたし、トリルは国に返してしまいましたから、構ってくれる妹成分が足りないんです」

頰に手を当てて溜息を吐くマリア。ユリガは頭を抱えた。

「私、お兄様しかいなかったからわからないけど、姉ってそういうものなの!?」

「私も一人っ子だからわかりませんなぁ。ただロロア殿やナデン殿、トモエ殿を見ていると妹分として可愛がりたくなる気持ちもわかります」

アイーシャが新たなお菓子に手を伸ばしながら苦笑気味に言った。

「妹分……家族、ね」

するとユリガが思案顔になった。そんな彼女の様子にマリアが首を傾げた。

「どうかしたのですか？」

「……自分の置かれている状況を鑑みて、自分のしたいことを最大限できる環境を作り上げるために、私はソーマ殿に嫁げるよう根回しをしました。その選択は間違ってなかったと思っているんだけど……そんな計算づくで嫁ぐ私が、ちゃんと奥さんできるのかなって。ほら、ソーマ殿の家族って仲いいし、マリア殿にしてもなんかわかり合ってる感じ出してるじゃないですか」

「ユリガさん……」

どうやらユリガは結婚を前にして若干マリッジブルーになっているようだった。

「ソーマ殿は優しいし、間違ったことをすれば叱ってくれるし、一緒に頭を下げてくれる。作ってくれた夜食の数々は忘れてないし、好意だって持ってると思う。だけど仲の良い友達のお兄さんって印象も同時にあって……こっちの都合で結婚しちゃって、それでいいのかなって……考えちゃうんです」

「それは……相手のことを大切に思っているからだと思いますよ？」

マリアは穏やかに微笑みながら手を伸ばし、ユリガの頭を撫でた。

「ユリガさんの場合、少々特殊な事情もありますから、結婚したとしてもしばらくは自由にしていいと言われているのでしょう？　その間に貴女のほうで心変わりがあったとしても、ソーマ殿もきっと受け入れてくれるでしょう。答えを焦らずのんびりと選べば良いと思います」

「アハハ、そうですね」

アイーシャも笑いながら同意した。

「私たちも、いろいろな事情があってソーマ殿に接近しましたからなぁ。ナデン殿も『仕組まれて始まった恋は恋じゃないの？』と言っていたそうですし、案外ひょんなことから深まる関係もあります。そんなに思い詰めて考えることもないと思います」

「マリア殿、アイーシャ殿……」

二人に話を聞いてもらって、ユリガは少し気が楽になった気がした。

するとマリアがまたクスクスと笑い出した。

「まぁその間に、私は存分にソーマ殿とイチャイチャしますけどね」

「いや、イチャイチャって……」

「もう私を縛るものはないのですから、これからはやりたいことをやっていきます！　恋に仕事に、それはもう、女皇という地位に捧げた青春を取り戻すくらいの勢いで！」

グッと両手を握りしめながら力説するマリアを見て、ユリガはそれまで持っていた亡国の女皇というイメージが崩れ去っていくのを感じた。国が割れて、その国から遠く離れても、マリアはマリアという一人の女性として輝いていた。

そんな姿を見ているとあれこれ悩んでいた自分がバカらしくなってきた。

「アハハ……そんなものなのかな」

ユリガはそう言って小さく笑った。すると……。

「まあ、奥さんになるのが不安というのなら……ちょうどいいものがありますよ」

散々にお菓子を堪能してお茶を飲んでいたアイーシャがしれっと言った。

マリアとユリガが揃って首を傾げると、アイーシャは周囲の目を確認した後で、ちょいちょいと二人を手招きした。その指示に従い、二人はアイーシャの顔に顔を近づける。

ひそひそ話できる体勢になった。

アイーシャは口元を手で隠しながら二人に囁いた。

（「実は……私たち妃は『ある特別な授業』を受けていまして……」）

アイーシャの口から語られた内容に、マリアとユリガは頬を染めることになった。

そして次回の授業には必ず参加する旨を揃って伝えることになる。


――第三回・花嫁育成講座、開催日未定。

――大陸暦一五五二年に起きた帝国と大虎王国との戦争。
その戦争は世界の枠組みを一変させた。
それまではフウガの大虎王国、帝国の人類宣言、海洋同盟の三勢力が拮抗していた状態だったが、帝国が崩壊し、人類宣言が脱落したことで、大虎王国と海洋同盟の二大勢力が拮抗することとなった。大虎王国は帝国の北半分の土地・人口・人材を獲得して世界第一の強国となり、海洋同盟は残った帝国の領土で新たに興ったユーフォリア王国を盟友として加えることで、それぞれ力を増すこととなった。

また海洋同盟の盟主であるソーマがマリアと、黒衣の宰相ハクヤがユーフォリア女王ジャンヌと結婚することにより、フリードニア王国とユーフォリア王国の連携を深め、実質的に二つで一つの国として統治することになった。

両国の人々はこの二つで一つの国を『グラン・フリードニア帝国』と呼び、ソーマを『フリードニア皇帝』の敬称で呼ぶことになった。

これに対抗するようにフウガも、ハシムの献策によって『ハーン大虎王国』を『ハーン大虎帝国』と改め、『大虎帝フウガ・ハーン』を名乗るようになった。

世界は南北の二人の皇帝が鎬を削る時代となったのだ。もっともソーマの『皇帝』は人々が勝手に呼んでいるものであり、フウガも家臣に言われたからという理由で名乗っているだけなので、当の皇帝二人はこの名称になんら思い入れはなかったのだが。

そんな二大勢力の時代を迎えた世界。

すべての国はこの新たな時代に対応すべく動き回っていた。

大虎帝国は新たに得た広大な版図を安定させるべく、内政官のトップとなったルミエールを中心に官僚組織を育成。帝国で培ってきた土木技術を活かし、騎馬民族であるマルムキタンの兵たちの機動力を活かして交通網を整備していた。

その敷設速度はソーマが召喚一年目で行った道路整備を遥かに凌駕していた。

「カセン殿。次の書類を」

「は、はい！」

フウガの居城であるハーン城内の政務室にて。

ルミエールが書類の山に囲まれながら羽根ペンを動かし続けていた。

フウガは他者を魅了するカリスマ性と絶対的な武力は有しているが、政務の能力はさほどない（できないことはないが、やる気が湧かないため効率が悪い）ので、大虎帝国の内政は現在ハシムとルミエールがとり仕切っている。

しかしハシムは他国との交渉や政略なども担当しなければならないため、内政の仕事はほぼルミエールの双肩が担っている状態だった。

若く内政への適性も見られたため補佐に付けられた【虎の弩】カセン・シュリを手足の如く使いながら、ルミエールは積み上げられる書類と闘っていた。

（はあ……マリア殿が政務室に簡易ベッドを置いていた理由もいまならわかる。こうまで仕事が重なると、自室に帰ることも億劫になる）

手は動かしながら、ルミエールは内心で溜息を吐いた。

（その上、外交に政略、さらには国民の要望で歌姫までこなしていたのだ。偉大な御方だとは思っていたが、想像よりもさらに上をいっておられたのだな。……投げ出したくなる気持ちもわからないでもない。投げ出せる機会さえあるなら……）

そしてその機会を作ったのはフウガたちとルミエールだった。

終わってみれば、すべての勢力が『マリアが国を投げ出すため』という一つの目的のために振り回されていたのだ。

見限ったつもりが見限られていたという事実を突きつけられ、当初は憤慨したルミエールだったが、いまはもう吹っ切って自分の目的のために邁進していた。

（内政官として大国を手足の如く動かし、魔王領の完全解放という人類の悲願を成し遂げ、栄誉を手にする。私の中の望みは変わっていない。だからこそマリア殿や、友のジャンヌと袂を分かったのだ。二人に胸を張るためにも成すべきを為さねば）

「カセン殿。この書類をハシム殿のもとへ持っていってください」

「は、はい！」

カセンはそんなルミエールの雰囲気に圧倒されていた。

フウガやシュウキンなど綺羅星の如き猛将・勇将・驍将を傍で見てきたカセンは、自分の目は相当肥えていると思っていた。生半可な人物を前にしても、たとえば敵国の名のある武将を前にしても怖じけたり怯むことはないだろうと。

そんな自分が内政官の剣幕に圧倒されている。その事実に困惑していた。

（……凄いなぁ、ルミエール殿）

しかもなぜだか……ひたむきに仕事に打ち込むルミエールの姿が、戦場で先陣を切るときのフウガやシュウキンのように格好良く見えるのだ。

ソーマがかつて居た世界の価値観に照らし合わせると、それはキャリア・ウーマンに見惚れる新入社員の気持ちに近しいものだったのだろう。

「？　なにをしているのです。すぐに向かってください」

「あっ!?　す、すみません！」

ボーッと見ていたところをルミエールに咎められ、カセンは慌てて書類を抱えて走り去っていった。そんな姿もどこか新入社員を思わせたのだった。

そんなルミエールの奮闘もあり、領土拡大に伴う国内の不安定化がネックだった大虎帝国は、急速に内側を固めていった。

――一方で、同じように国家の経営に苦慮する女性がもう一人いる。

新たに興ったユーフォリア王国の女王として即位したジャンヌだった。

ジャンヌもまた政務室で書類の山に囲まれながら辟易としていた。

「……ハクヤ殿。そろそろ休ませてください」

戦場では獅子奮迅の働きをしたジャンヌも、書類仕事への適性は高くない。

泣き言を漏らすジャンヌに、政務補佐というよりは指導役になっているハクヤは気の毒に思いながらも新たな書類を差し出した。

「少なくとも、この書類には目を通し、サインをしてください。グラン・ケイオス帝国時代の艦隊の再編成と、海洋同盟の艦隊の常駐に関連するものですから」

「……艦隊はいまの我が国の〝盾〟ですからね」

ジャンヌが書類を受け取りながら言うと、ハクヤは頷いた。

「御意。ジャンヌ殿の姉君の置き土産です。それも値千金の」

帝国は崩壊し、北部一帯の領土、ルミエールと配下の内政官、空軍戦力の半分を失ったユーフォリア王国だったが、マリアの備えにより海軍戦力は南部に集中していたため、北部海岸地域の領主の艦船をのぞけば、艦隊はほぼ無傷の状態で残されていた。

その海上戦力はさすがに島形空母を要するフリードニア王国には及ばないものの、九頭龍王国艦隊には匹敵する規模だった。

縮小した国家規模を考えればやや過剰なほどの海軍戦力である。

この艦隊があるため、再度フウガがこの国に攻め寄せたとしても、艦隊に乗って離脱もできるし、逆に手薄な海岸線を強襲することもできる。ユーフォリア艦隊は、この国を攻めようとする相手に二の足を踏ませるための盾であり、剣なのだ。

すると……。

「ふふっ。そのために私を呼んだのでしょう？」

　横から掛かった声に振り返ると、青い髪に小さな鹿角を生やしたグラマラスな美女が立っていた。フリードニア王国国防軍総大将のエクセル・ウォルターだ。

「あ、すみません。ご足労をおかけして」

　ジャンヌが立ち上がって頭を下げようとしたが、エクセルは扇子でそれを制した。

「貴女はすでに一国の女王なのですから、他国の一将に頭を下げてはなりませんわ」

「は、はあ……しかし……」

「ウォルター公の言うとおり、頭を下げる必要はありません」

　困った顔をしていたジャンヌに、ハクヤはしれっとした顔で言った。

　そしてどこか冷めたような目でエクセルのほうを見た。

「〝暇をしておられた〟のでしょう？　なんでも最近は国防軍総大将としての仕事はルドウィン殿に、海軍の指揮はカストール殿に任せているそうではないですか」

「フフフ、後進の育成って大事よね？」

　扇子で口元を隠しながら笑うエクセルに、ハクヤも貼り付けたような笑顔を返した。

「ええ。ですから、ユーフォリア艦隊の指導官としてお招きした次第です」

「……主従揃って、なかなか楽隠居させてくれないわよね」

「お褒めにあずかり光栄です」

　両者とも和やかに笑っているものの、胸の内ではお互いに「心にもないことを」と思っていた。もっともお互いの頭の良さや、手の内、腹の内を知り尽くしているからの会話であるのでそこまで険悪な状態でもなかったのだが、それが理解できないまま腹黒二人の笑顔でのやり取りを横で見ていたジャンヌは頭を抱えた。

(姉上ぇ……私に女王はやっぱり荷が重いです……)

するとエクセルはポンと扇子を叩いた。

「まあ早めに片付けてしまうことです。他にも大事なことが控えているのでしょう?」

「大事なこと……ですか?」

ジャンヌが首を傾げると、エクセルはハクヤの顔を見ながらクスクスと笑った。

「もちろん、貴方たちの婚礼ですよ」

そう言った瞬間、ボッと顔が真っ赤になるジャンヌと、渋面を作るハクヤ。

そんな二人の反応にエクセルはさらに愉快そうに笑うのだった。

# 第四章 ✦ 華やかなりし宴の裏で

――大陸暦一五五三年一月

「はあああ！」

「甘い！」

島形空母ヒリュウの甲板でいま、二人の男が剣と槍（やり）とを交えて戦っていた。

一人はこのヒリュウの艦長であるカストール。

もう一人は竜挺兵（ドラトルーパー）隊長の『赤鬼』ハルバート・マグナだった。

ハルバートが連続して繰り出す二本の槍を、カストールは片手で持った剣でいなしながら、逆の手で炎を出してハルバートに叩き付けようとする。

ハルバートはその炎をときにかわし、ときに槍で弾（はじ）き飛ばしながら食らい付き、決定的な一撃を叩き込むチャンスをうかがっていたのだ。

同じ火炎系の魔法を使う二人だが、魔法の威力では半竜人（ドラゴニュート）であるカストールに軍配が上がる。そのため遠距離戦では不利だとわかっているハルバートは、引き剝がされまいと必死に食らい付いていた。

カストールの武勇はアイーシャと互角に渡り合えるほどであり、王国でも屈指の実力者だった。そのカストールに対してハルバートは一歩も引かない攻防を見せている。

それはすなわちハルバートの武勇が王国でも屈指の実力まで到達したということだ。ここ数年の間の、彼の血の滲むような鍛錬の成果が結実していた。

「「「うおおおお!!　」」」

遠巻きに二人の戦いを見ていたヒリュウの船員たちや、ハルバートの部下たちが興奮の声を上げていた。はるか高次元に至っている武人二人の戦いは、野郎どもの目を惹きつけてやまなかった。

「ちっ……」

すると膠着状態を嫌ったのか、カストールは翼を広げて飛び立った。

赤竜ルビィなしでは飛ぶことができないハルバートの頭上高くから、遠距離攻撃魔法で決着を付けてしまいたかったのだろう。しかし……。

「させねぇ！」

ハルバートは双蛇槍の片方を上に向かって投げた。

その槍はカストールの頭上はるか上を山なりに通過した。外した、とカストールと観客が思ったそのとき、ハルバートは投げた槍の落下地点に向かって走り込んでいた。

「なにっ!?」

カストールが驚いたそのときには、カストールの頭上を通過するように二本の槍を繋ぐ鎖の輪っかができあがっていた。

そしてハルバートは二つの槍を引っ張りながら鎖を巻き取った。

「でりゃあああ！」

「ぐっ」

飛び上がった方向から縮んできた鎖がカストールの翼に絡みつき、カストールはバランスを崩した。そのまま鎖に引っ張られるようにして地面に叩き付けられる直前で、咄嗟に体勢を立て直して、なんとか地面に四つん這いになることには成功したが……。

「………」

顔を上げたとき、喉元にはハルバートの槍が突きつけられていた。

カストールは険しい表情で自分を見下ろすハルバートを睨んだが……やがてフッと口元を緩めた。

「……参った。降参する」

「うおおおお!!」

カストールの口から敗北が語られたとき、男たちの野太い歓声が上がった。

ついにハルバートが王国の最強クラスの武人の一人であるカストールから勝利をもぎ取ったのだ。かつての彼を知る者や、彼のここ数年の鍛錬の日々を知る者たちは、この瞬間に立ち会えたことを喜び、ハルバートの勝利を我がことのように喜んでいた。

「強くなったな、ハルバート」

ハルバートに手を引かれ立たせてもらいながらカストールが言った。

「短命種族は成長が早い。つい昨日までひよっこだと思っていたのに」

「長命種族の価値観で語らないでくださいよ」

　エルフ族や半竜人（ドラゴニュート）や蛟龍族（こうりゅうぞく）のような長命種族は、寿命も長いため物事を持続的に考える傾向があり、人間族や獣人族などに比べれば能力的な成長もゆったりペースである。

　一つのことを継続して研鑽（けんさん）を積むには向いているが、短期間で成果を上げる必要がある場合などは、時間制限を意識しがちな普通の寿命を持つ種族のほうが向いている。

　カストールはハルバートの肩に手を置いた。

「だがお前は百年以上の研鑽を積んだ俺に勝ったんだ。もっと誇って良い」

　するとハルバートは嬉（うれ）しそうに笑いながらも首を横に振った。

「まだまだです。俺には倒したい相手がいますから」

「……フウガ・ハーンか？」

「はい。いざというとき、家族やこの国を守るためにはもっと強くならないと」

　ハルバートは手にした槍を見つめた。

　気負っているようなその姿に、カストールは肩をすくめた。

「主上には一人で背負う必要はないと言われた、と言っていなかったか？」

「男として、甘えたくはないですから。守りたいヤツらは自分で守りたいですし」

「……やはり一角の武人だよ。お前は」

　そうして二人が互いの健闘を称（たた）えていると、野郎どもの合間を縫って二人の女性がハルバートのもとに駆け寄ってきた。

「もう！　こんなときになにやってるのよ！」

一人はハルバートの第二夫人であるルビィだった。

「王都の結婚式に出席するんでしょうが！　なに暢気に試合なんてやってるのよ！」

「あ、いや……まだ時間があったし、艦長に指南してもらおうかと……」

ハルバートがしどろもどろに言い訳をはじめようとすると……。

「言い訳はいいです。ハル様」

国防軍の軍服をキッチリと着こなし、知的な雰囲気を持つ美しい女性がハルバートの前に立った。背はスラッとしていて、足も長く、軍服の下部分はリーシアの穿いているような足全体を覆うパンツではなく、ホットパンツぐらいの丈のもので、彼女の豊かな脚線美を惜しげもなく晒していた。

また彼女は褐色の肌にエルフ耳というダークエルフ族の特徴を持っていた。

「げっ、ヴェルザ」

彼女はハルがかつて助けたダークエルフの少女ヴェルザだった。

トモエの学友でもあった彼女はアカデミー卒業後、国防軍に仕官し、ハルバートの第一夫人カエデの後押しもあり、念願叶ってハルバートの部下となったのだった。

そのヴェルザがハルバートに指を突きつけた。

「げっ、とはなんですか。可愛い部下に向かって」

「わ、悪かったよ。……でも、自分で可愛いって言うか？」

「可愛いでしょう？　これでも軍内ではモテモテなんですよ？……主に女性隊員から」

「「ああ……」」

　ハルバートとルビィは哀れみの目をヴェルザに向けた。

　ヴェルザは相変わらず短髪なため、ボーイッシュに見えるのだ。それで背も高めで、整った容貌をしていることから、女装した美男子、男装の麗人のように見られてしまうのだ。それこそ小さい頃からヴェルザを知っているマグナ家の人々からすれば、美味しい物を見れば目を輝かせるし、年相応の女の子というイメージが強いのだが。

　するとヴェルザはコホンと咳払いした。

「そんなことよりもハル様。我々にはこれからソーマ陛下からの結婚式への招待が来ています。私にも陛下と結婚するユリガさん……ユリガ様や、イチハ殿との婚約発表を行うトモエ様から招待状をいただきました。これに遅刻するなどもってのほかです」

「いや、ルビィに乗っていけばすぐだし……」

「だからって、王都での準備をカエデ様に任せっきりにするのはダメでしょう!?　ビルくん（ハルバートとカエデの子）だってお父さんの帰りを待っているでしょうに」

「……はい」

　年下の女性に叱られて、ハルバートはしゅんと項垂れた。

　そこには先程までの勇ましい武人としての姿はなく、見守っていた見物人たちはクスクスと笑っていたが、ハルバートがキッと睨むと蜘蛛の子を散らすように逃げていった。

そんな二人のやり取りを見ていたルビィはウンウンと頷いた。

「ヴェルザもすっかり頼もしくなったわねぇ」

「いや、少しはなだめて欲しいんだけど」

「嫌よ。私もヴェルザと同意見だもの。……だから」

するとルビィは大きな赤竜の姿へと変わった。

そして長くなった首を伸ばしてハルバートとヴェルザに言った。

『さっさと行きましょう。二人とも、早く乗って』

「お、おう」「わかりました」

ハルバートとヴェルザはそう返事をしてルビィの背中に乗った。

ヴェルザはハルバートの前に座り、紐でしっかりとハルバートに固定してもらう。

本来竜が背中に乗せるのは伴侶のみだが、ヴェルザはすでにハルバートに嫁ぐことがほぼほぼ内定しているため『伴侶の伴侶』扱いでツッコミはスルーしていた。

準備を終えると、ハルバートは下に居たカストールに敬礼しながら言った。

「それでは、艦長。自分たちはこれで失礼します」

「ああ。俺もあとから向かう」

カストールが海軍式の敬礼を返すと、ルビィは一気に空へと舞い上がった。

そんなマグナ家の者たちを見送ったカストールはなんだか無性に家族に会いたい気分に

なった。アクセラ、カルラ、カルル……婚礼の儀には全員王都に来るそうだし、そこで再会できるだろう。カーマイン家の名誉回復運動と同時にバルガス家の名誉も回復されたため、家族との面会も許可されたのだ。ただ余計な詮索を受けることを嫌って、当面カストールはバルガス家に復帰しないことを決めている。

（フッ……会うのが楽しみだ）

ハルバートたちが去っていった方角を見ながら、カストールはそんなことを思った。

——大陸暦一五五三年一月下旬・王都パルナム

まだ先日に降った雪が屋根に残っているものの、良く晴れたこの日。

ソーマ、マリア、ユリガの婚礼の儀を中心とした合同結婚イベントが王都パルナムで開催されていた。ソーマたちも本当ならば春の訪れを待って婚礼の儀を行いたかったところなのだが、ハーン大虎帝国の突発的な動きに対応するためにも、行える時期に行うべきだと判断されたためだった。

そしていま王都の各地では、このイベントに合わせて結婚したソーマ配下の者たちの式も行われていた。

トモエの実母であるトモコと黒猫部隊の副隊長イヌガミもその一組だ。

参列者はジルコマ、コマイン、そして新都市ヴェネティノヴァに定住した難民たち、土都でキッコーロー印の味噌・醤油を作っている妖狼族というトモコの人脈だった。

イヌガミの正体は伏せられているため参列者に彼の知人は居なかったが、カゲトラや黒猫部隊のメンバーたちから花や祝いの品が山のように届いていた。

そんなイヌガミはタキシードは着ているものの仮面は外さず、事情を知らない参列者には何度見もされていて、バツが悪そうにする度にトモコがクスクスと笑っていた。

「おめでとー！　父上、母上」

そんな二人のもとにトモエの実弟のロウとルーシーがやってきて祝福した。

王国に来たころはまだ小さかったロウもいまでは十歳ほどになっていた。

実の父を物心つく前に亡くしていることもあり、記憶もほとんどないため、長く家族の護衛を担ってくれたイヌガミのことを父としてすんなり受け入れていた。

一方、ルーシーは友人であるトモエの代理で、二人の結婚式に参加していたのだ。

ルーシーはトモコに持って来た高級フルーツの詰まった籠を渡した。

「これ、トモエっちからです。婚約発表が終わったら駆けつけるって」

「まあ！　ありがとうございます」

トモエはいま、王城にてイチハとの婚約発表会を行っていた。

本当はトモエも実母たちの結婚式に参加したかったのだが、彼女の婚約は国の大事でもあるため、トモコもイヌガミも気にしないでいいからと送り出したのだった。

するとルーシーはニシシと笑った。

「トモエっち、きっと婚約者の手を引っ張って駆けつけるんちゃいます？」

「あらあらまぁぁまぁ」

トモコがおっとり笑顔にそう言うと、イヌガミは「くっ」と悔しそうな顔をした。

「今日は自分にとって生涯一番幸せな日であることは間違いないし、この日を迎えられたことに一片の悔いもない。だが……義妹様の婚約発表が見られなかったのは残念だ」

心底残念そうに言うイヌガミに、ルーシーは苦笑するしかなかった。

「あはは……難儀な人やなぁ～ロウくんのお義父さんは」

「なんぎってなに～？」

ロウが可愛らしくコテンと小首を傾げると、ルーシーは苦笑しながら言った。

「なんぎな人っちゅうんわな、面倒くさいお人ってことや」

「父上、メンドー！」（↑悪気なし）

「ぐはっ」

ロウに無邪気な両手を挙げながらそう叫ばれて、心にクリティカルヒットを叩き込まれたイヌガミはＫＯされたボクサーのように打ちひしがれていた。その様子があまりにおかしかったので、トモコをはじめ周囲に居た人々は大いに笑ったのだった。

一方、同時刻。べつの会場では元陸軍大将ゲオルグの娘ミオ・カーマインと、その婿ギャツビー・C・カーマインの結婚式が開かれていた。

参列者はゲオルグに縁のあるハルバートの父グレイヴ、ソーマの指南役の老将オーエンなど、ミオの父ゲオルグに縁のある軍関係者が多かった。

コルベール側の参列者としては、友人のユリウスとその妻ティア、同僚である財務官僚たち、そして彼が普段お世話をしているナンナやパミーユなど歌姫(ローレライ)たちだった。

新郎・新婦の参列客で、文官・武官が分かれているというのも珍しいだろう。

「それじゃあ、行きますよ！」

「うわっ、ミオ殿!?　高く投げすぎですって！」

式を一通り終えた後で、ようやくコルベールと夫婦になれた喜びから、ミオは自慢の膂力(りょりょく)でブーケを高々と投げてしまった。

結婚願望があり次は私だとそのブーケを狙っていた女性参列者も、そのあまりの高さに落下地点にいるのはむしろ危険だろうと判断し、逃げ出していた。

誰も居ない空間に落ちていくミオのブーケ。

その様子を見ていたユリウスはやれやれといった感じに額を押さえると、ティアの護衛として同行していたジルコマの妻であるローレン元兵士長に言った。

「……ローレン殿。お願いする」

「はっ、承知しました」

ローレンは落下地点に急行すると、落ちてきたブーケをキャッチし、

「私は既婚者ですので」

そう言うと女性陣の方に再度、今度はやさしくブーケを投げた。

受け取ったのは子人族(こびとぞく)の歌姫(ローレライ)パミーユ・キャロルだった。パミーユは一瞬キョトンとした後で顔を綻(ほころ)ばせて、参列客からの拍手を受けている。ミオは機転を利かせたユリウスとローレンのほうに感謝しきりでペコペコと頭を下げていた。

そんな（無駄に）賑(にぎ)やかな結婚式の様子を離れた場所で見ている影があった。

黒猫部隊の隊長カゲトラである。

新婦であるミオとはまったく、これっぽっちも関係のないカゲトラだったが、友人知人に祝福されて嬉(うれ)しそうにしているミオの姿を見て、満足そうに頷いた。すると、

「こんなところではなく、もっと近くでご覧になれば良いのに」

「……っ」

いきなり声を掛けられて、カゲトラは緊張した。

いつの間にか彼の横に亡きゲオルグ・カーマインの夫人であり、ミオの母である女性が立っていたからだ。その唐突さは隠密(おんみつ)部隊顔負けである。

カゲトラは自身が纏(まと)っている漆黒のマントを見つめた。

「……このマントには人の認識を阻害する魔術が掛かっているはずなのだが」

　すると夫人はクスクスと笑った。

「貴方(あなた)ならこういう場所に居そう、とアタリを付けただけです。見に来ないほど薄情でもなく、さりとて近くにいく踏ん切りも付かないのでしょう。だからつかず離れずの距離で目立たない物陰からこっそり見守っているのだろうと」

「……恐れ入る」

　カゲトラはマスクの下で表情をゆがめていた。

　自身の未熟さを恥じ入り、あらためてこの女性の強さを見せつけられたからだ。

　するとミオが二人の姿に気が付くと、笑顔で大きく手を振っていた。

　認識阻害の魔法は完璧なものではなく、誰かが傍(そば)に居てその存在に気付いていれば見えてしまうらしい。果たしてミオは母一人に向けて手を振ったのか……あるいは……。

　そんなミオに手を振り返しながら、夫人は呟(つぶや)いた。

「ミオが良いお婿さんを迎えてくれて、我が家の心配事が一つ片付きました」

「……他にも心配事があるような口ぶりですな」

「ええ。特大のが残ってますから」

　夫人に微笑(ほほえ)みながら言われて、カゲトラはなにも言えずに顔を背けていた。

　さらにその同日。

　パルナムから遠く離れたユーフォリア王国の首都ヴァロアもまたお祭りムードの真っ只中だった。女王ジャンヌと宰相ハクヤの結婚式が行われていたからだ。

　ハクヤは王配として婿入りするため、この日からハクヤ・ユーフォリアとなる。

　もう間もなく二人の婚礼の儀が始まるというときに、帝国時代から受け継がれてきた女性皇族用の豪奢なウエディングドレスに身を包んだジャンヌは、隣に立つハクヤを見ながら微笑んだ。

「白い服も似合っていますね」

「……なかなか、落ち着きませんがね」

　黒衣の宰相と呼ばれるほど普段から黒い服ばかり着ているハクヤだが、さすがに自身の婚礼の儀まで黒い服を着るわけにもいかず、真っ白なタキシードに身を包んでいた。

　ジャンヌは居心地の悪そうなハクヤの腕に、そっと自身の腕を絡めて、彼の肩にコテンと頭を預けた。

「この日が来るのを、幾度夢見たでしょうか。夢のままで終わるかと思いましたが」

　そんなことを言うジャンヌに、ハクヤはそっと手に手を重ねた。

「私もです。こうやって貴女と寄り添える日を、心待ちにしていました」

「アハハ……まさか女王になってるとは思いませんでしたけどね」

「それも同意ですね」

二人がそんなことを言いながら笑い合っていると……。

「あの～……そういうのは婚礼の儀のあと、夫婦の時間でやってくださいですわ」

二人の甘々な空気に当てられた様子のトリルが口を挟んだ。

トリルの言葉に、我に返った二人はサッと身体を離した。

そんな二人の様子に、トリルは気を取り直すように一つ咳払いすると、二人に向かってスカートの端を持ちながら頭を下げた。

「おめでとうございます。ジャンヌお姉様、ハクヤお義兄様」

「うん。ありがとう、トリル」

「ありがとうございます、トリル様」

二人がお礼を言うと、顔を上げたトリルはニッコリと笑った。

「お義兄様。お姉様のこと、よろしくお願いしますね」

「はい。もちろんです」

「もしお姉様が怒ったときは、宥めてくださいましね？」

「はい。……ん？」

反射的に返事をしたハクヤだったがなにかおかしい。

するとトリルはケラケラと笑った。

「今後なにかやらかしてお姉様から大目玉を食らったときには、お義兄様のところに逃げ込みますわ。可愛(かわい)い義妹を守ってお姉様の怒りを解いてくださいましね？」

「トリル！」

ジャンヌに一喝され、トリルはハクヤの陰にサッと隠れたのだった。

「さあ、早速出番ですわ。お義兄様(にいさま)」

「ちょっとトリル！　ハクヤ殿を盾にするのはズルいぞ！」

「……やれやれ」

ユーフォリア姉妹の板挟みになりながらハクヤは溜息(ためいき)を吐(つ)いた。

ハクヤはフリードニア王国に居た頃、ソーマが婚約者たち（現・奥さん）に振り回されるのをよく見ていた。こんなことならフリードニアにいたときに、ソーマから家族内で揉(も)めたときの夫としての対処法や処世術をしっかり学んでおくべきだった。

ハクヤはわりと本気で後悔したのだった。

場所はフリードニア王国の王都パルナムに戻る。

城下で配下の何名かが結婚式を行っていたころ。

パルナム城の中ではソーマとユリガとマリアの婚礼の儀が行われていた。

飾り立てられた謁見の間。入り口の扉から玉座へと続く赤絨毯(じゅうたん)の両脇には、エクセルやカストールなどソーマ配下の名だたる文官・武官がズラッと並んでいる。

楽団が音楽を奏でる中、そんな赤絨毯の上を花嫁のドレスに身を包んだマリアとユリガが静かにゆっくりと進んで行く。マリアは実に優雅に堂々と歩いていたが、ユリガはやや緊張している様子で動きが硬かった。この光景は宝珠によって王国全土に放映されているのだから無理もないだろう。

そんな二人が向かう玉座には国王ソーマと彼の第一正妃リーシアが座っていた。

二人の両脇には、ついさっき国民に向けて婚約が発表された宰相代理のイチハと侍中内定のトモエが控えていた。ユリガの緊張しきった様子にトモエがクスリと笑う仕草を見せると、ユリガはムキになったように唇を尖(とが)らせた。

そのおかげか虚勢であってもユリガは胸を張るようになり、緊張も解けたようだ。

二人はソーマの前まで進み出ると、揃(そろ)って片膝を突いた。

するとソーマとリーシアが玉座から立ち上がった。

ソーマは段差を降りて二人の前に歩み寄り、リーシアはトモエから妃(きさき)の証(あかし)であるティアラが二つ載った台を受け取ってから、そんなソーマの横に立った。

そこでソーマは声を張り上げた。

「ユーフォリア王国より参られたマリア・ユーフォリア殿。並びに、ハーン大虎帝国より参られたユリガ・ハーン殿。其方(そなた)らを我が国の妃として迎え入れる。この婚礼をもって、両国との末永い友好を願うものである」

「「 はい 」」

マリアとユリガが揃って頭を下げた。

その頭にソーマはリーシアから受け取ったティアラを載せて妃となった証とした。リーシアたちのときにはこの後に口付けを交わしたが、今回それは省略している。

今回の婚礼の儀は結婚式としてよりも、外交政策の一環であるという面を強調していたからだ。ユーフォリア王国はともかく、大虎帝国は今後どう動くか読めない相手であり、今後微妙な立場に置かれるであろうユリガを気遣った形だった。

儀式を終えたあとで、ソーマとマリアは並んで宝珠の設置されたバルコニーに立ち、集まった観衆や、放送を観(み)ているフリードニア王国とユーフォリア王国の人々に二国の連帯強化のための結婚が成立したことをアピールした。穏やかに微笑むいまのマリアを見れば、ユーフォリア王国のマリアを敬愛する人々の心も和むだろう。

「そういえばマリアは歌姫(ローレライ)としても活動していたんだっけ」

手を振りながら、ソーマが小声で言った。マリアは小首を傾(かし)げた。

「そうですけど。それがどうかしましたか?」

「いや……ジュナさんのときにも思ったけど、ファンの男たちには恨まれてそうだなぁって。藁(わら)人形を百体くらい作られる様子を幻視してしまうというか……」

「わらにんぎょう?」

「俺が居た世界に存在した呪いのアイテム」

「ああ、そういう」

マリアは楽しそうにクスクスと笑った。

「仕方のないことでしょうね。頑張って受け止めてくださいな」

「人ごとのように言うなぁ……」

「だって、そんな羨望の的である私を貴方は娶(めと)ったのですから」

そう言うと、マリアはソーマの頰にチュッとキスをした。

その瞬間を目撃したバルコニー下の観衆が大歓声を上げた。あからさま過ぎるほどの仲の良さを見せつけられたからだろう。そしていまの光景は宝珠がしっかり捉えており、各地の噴水広場などで観ている両国民たちもバッチリ目撃していた。

ソーマは一瞬言葉を失っていたが、

「……いまので藁人形が五割増しになった気がする」

やがて引きつった笑顔でそう言い、マリアを大いに笑わせたのだった。

フリードニア王国がそんな祝賀ムードに包まれていたころ。
傭兵(ようへい)国家ゼムの首都であるゼムシティは燃えていた。
中心部にある闘技場へと追い詰められた傭兵たちに向かって、刀剣類や弓矢などだけでなく、農具や包丁などの日用品さえ武器にした民衆が襲いかかっていた。

腕に憶えのあるだろう傭兵たちもこの数の暴力の前には抗しきれず、また民衆の中には〝明らかな手練れ〟も交ざっていて、次々に討ち取られていった。

「いまこそ、この国の有り様を根底から変えるべきときなのだ！」

「我らを虐げてきた傭兵たちに、我らの怒りを見せつけてやるのだ！」

「皇帝フウガ・ハーンは我らと共にあり！」

見た限りでは力こそ正義であったこの国の中で、抑圧されていた民衆の怒りが爆発し、蜂起したという状況だった。しかし、その陰にハーン大虎帝国の蠢動が、もっと言えばフウガ軍参謀ハシム・チマの策謀があるのは明らかだった。

事はゼムの傭兵たちによる、対グラン・ケイオス帝国戦からの無断離脱に端を発する。戦後ハシムはこのことを非難し、ゼムの傭兵王代理であるモウメイと共に、戦場から無断離脱した傭兵たちの責任を追及し処断しようとした。

これに対して元来束縛を嫌う傭兵たちは反発し、各地の主要都市に籠もってフウガ軍に対抗しようとした。もともと腕一本で生きてきたと自負している傭兵たちだ。籠もったといっても国や土地を守ろうとする意志はなく、旗色が悪くなったらさっさと逃げればいい、最悪、国外逃亡して他国で冒険者にでもなればいい、などと考えていたのだろう。

しかし、そんな浅はかな考えが怜悧で冷徹なハシムに通じるはずもなかった。

火種は存在していた。

傭兵が興した国であり、強さこそがすべてであったこの国において、弱者は虐げられる存在であり、彼らは傭兵たちに対して不満を募らせていた。それでも先代傭兵王ギムバールは国王として優秀であり、傭兵たちを監督して民衆から不満が出ないよう努めていた。

そのギムバールもフウガに敗れたことで退位し、隠居している。

このタイミングでハシムは立場の弱い民衆を焚(た)きつけたのだ。

『普段は強さを自慢し弱者を見下す傭兵たちも、戦場で旗色が悪くなれば勝手気ままに逃走する！　ゼムの国民諸君らは、いつまでそのような者たちに虐げられる生活を送るのか！　フウガ・ハーンの庇護(ひご)のもとに、この国の体制を一度徹底的に破壊し、新たに生まれ変わらせる必要がある！』

そう力説して弱い立場の民衆を煽(あお)ったのだ。ハシムは大虎帝国とゼムの傭兵たちの問題を、ゼムの国内問題、傭兵と民衆との対立という問題にすり替えたのだ。

傭兵たちが主要都市に籠もっても、その都市を維持するのは圧倒的多数の民衆だ。ゼムの傭兵たちは籠もった都市の中で民衆に襲われることになったのだ。

傭兵たちが頼った先代王ギムバールが彼らに与(くみ)しなかったことも大きいだろう。

傭兵たちはギムバールが反大虎帝国の旗頭となってくれることを要請したが、彼はすでに隠居を表明しており、傭兵たちの要請を拒否した。もともと民衆寄りの政治を行っていた彼が、私利私欲で動く傭兵たちに与する理由も無かったのだ。

いまギムバールはモウメイの派遣した兵士たちの監視下、山小屋に軟禁状態に置かれているというが、実態としては楽隠居に近い状況になっている。モウメイがギムバールのこれまでの事績に敬服し、不自由を与えないよう配慮をしているのも大きいだろう。そしていま、傭兵たちが籠もった最後の都市であるゼムシティが開放されようとしていた。

「我らの積年の恨み、思い知れ！」

「ひっ、来るな！　来るなぁ！」

斬っても斬っても押し寄せてくる民衆によって、傭兵たちが追い込まれたのは、皮肉にもこの国のシンボルであった闘技場であった。かつて幾人もが栄光を手にし、それより遥かに多い数の敗者を足蹴にしてきたこの場所で、傭兵たちは次々と討たれていく。

もちろんハシムもただ民衆に任せるのではなく、民衆の中に大虎帝国軍の精鋭や、フウガを支持する傭兵などを交ぜており、傭兵たちを殲滅していった。

興奮状態の国民たちの残虐性は極まっており、討ち取られた傭兵たちは八つ裂きにされていて、もはや【どれ】が【誰】の【どこ】だったものか判別ができなかった。

これらの死体は民衆が冷静さを取り戻した後に、この闘技場の近くに建設される墓地にまとめて葬られて、その地には慰霊碑が立てられることになるが……殺された傭兵たちにとってはなんの慰めにもならないだろう。

傭兵という国家防衛の根幹であったものを失ったゼムの国民たちは、フウガ・ハーンの庇護を求めた。フウガはこの要請を受諾し、ゼムを併合してモウメイをそのままゼム地方の総督としたのだった。

こうして傭兵国家ゼムは地図から姿を消したのだった。


一方、ルナリア正教皇国内でも騒動が起こっていた。

フウガとは距離を置くべきだと主張した穏健派を異端の名の下に弾圧し、ルナリア神の名の下に処刑さえ行ったフウガ支持派の強硬派が分裂したのだ。

宗教的権威のもとにフウガを制御しようと考える上層部が中心の教皇派と、聖王として選ばれたフウガの意志は神の意志そのものであり、彼に尽くしながら布教すべきと考えるアンを中心とした聖女派だった。

しかし、この決着はあっさりとつくことになる。

武力を有しているのは大虎帝国軍の支援を受けられる聖女派だったからだ。

対立するやいなや、教皇派は大虎帝国軍によって即座に拘束された。

マキャベッリも『君主論』（第六章）の中で、

『モーゼやキュロスなどの偉人も、自前の武力が無ければその立法や制度を長い間、人々に守らせることはできなかっただろう』

……と述べている。熱烈な説教によって民衆を煽ってメディチ家を追放し、一時的にフィレンツェを支配していたジローラモ・サヴォナローラは自前の武力を持たなかったが故に、人気が無くなった途端に身を守る術がなくなり、炎の中へと消えた、とも。

教皇派はまさにこのサヴォナローラと同じ顛末を辿ることになった。

先代の教皇は幽閉され、やがてハシムの手のものにより〝不審死〟させられることだろう。毒殺か、転落死か。そして残りの教皇派は先の穏健派と同じように異端とされ、同じように火刑などに処されることになった。

広場にて異端者の火刑が行われる様を、正教皇国の国民たちは静かに見守っていた。

正教皇国の国民たちは教会上層部からの指示に対して従順であり、それは上層部が聖女派の者たちにすげ替えられても変わらなかった。

いまの上層部が異端であると判断した旧上層部が、丸太に括り付けられて焼かれていても、それが正しいことであると疑うこともなかったのだ。

「……」

そんな広場の様子を高い建物の上から聖女アンが見つめていた。

焼かれる異端者たちの姿をさながら目に焼き付けているかのように。

そして……炎が映っていたその目には、異端者が燃え尽き、炎が消えると同時に一切の光が消え失せていた。聖女であるという使命のために、少女は心を殺したのだ。

こうして正教皇国も国としての形は残っているものの、大虎帝国に直接支配されることとなった。華やかなりし宴の裏で世界は激変していく。

# 第五章　北への誘い

ハーン大虎帝国は傭兵国家ゼムを滅ぼし、ルナリア正教皇国を掌握した。

これによりフウガはこの大国のすべてを自由に動かせる体制を整えたのである。

時代の英雄によって建国された、かつて存在したどの国よりも巨大な国家。

賢い者ならばもしフウガというカリスマが居なくなった後、この国は維持できるだろうかと心配になることだろう。

しかし、ほとんどの国民たちはそのことに気付かず、フウガの偉業を我がことのように喜び、熱狂していた。この国ならばあの魔王領さえ完全解放できる。それどころか、海洋同盟の国々を屈服させ、いまだ誰も成し遂げていない大陸統一さえ夢ではない、と。

夢を見る者は、往々にしてその先を考えないものだ。

夢を叶える前から叶えたあとのことを考えてもしょうがない。

まず夢を叶えること、そして叶えたという事実を手にすることが大事なのだと、その結果は二の次三の次に置かれる。それはフウガにしても同じだった。

誰もやらないから俺がやる。それだけの意志でここまで駆け抜けてきた。

「俺は……どこまでのことができるのだろうか」

ある夜。天蓋付きのベッドの中でフウガはそんなことを呟いた。するとと寄り添うように彼の腕を枕にしていたムツミが、眠そうな目を擦りながら身じろぎをした。

「……旦那様？」

「ああ、悪い。起こしてしまったか？」

「いいえ。お気になさらず」

ムツミはフウガの身体にピトッと密着した。お互いに一糸まとわぬ姿であるため、それだけでお互いの温もりを感じることができる。ムツミは柔らかな声で言った。

「どうかなさいましたか？」

「いやなに、ゼムと正教皇国を掌握したこと、あのユリガが結婚したのだなぁということ、それと……これからこの国がどこへ向かっていくのかということ……そういうとりとめのないことを考えていた」

フウガがそう言うと、ムツミはクスクスと笑った。

「旦那様にしては感傷的ですね」

「ほっとけ。……世界も時代も刻々と変わっていく。俺たちの国が台頭し、様々な国が消えていき、勢力地図は書き換わり続けている。あのちょこまかしていたユリガがいまや人妻なんだぞ？」

「フフッ、最後のが一番、時の流れの速さを感じますね」

「常に変わっていくだろうなって思ってさ。時代も、この国も、俺たちも」

そう言いながらフウガは「ふわぁ～……」と大あくびをした。

　するとムツミは身体を起こして、フウガの身体の上に覆い被さるように乗ると、長い黒髪をかき上げながら彼のおでこにキスを落とした。普段は清純な出で立ちのムツミだが、いまこの瞬間だけは妖艶さを身に纏っていた。

「どんなに時代が変わろうと、どんなに世界が変わろうと、私は貴方についていくと決めています。だから貴方は自分の信じる道を駆け抜けて、私に、見たこともないような景色を見せ続けてください。東方諸国連合の中の小国から解き放たれてからの日々は、決して悪いものではありませんでしたから」

「……そうか」

　フウガはその太い腕を伸ばしてムツミを抱き寄せたのだった。

　翌日。大ハーン城の謁見の間で、フウガはゼム地方の反乱分子を抹殺し終えたハシムとモウメイ、正教皇国内で政敵を一掃した聖女アンを出迎えた。玉座についているフウガの傍らには、ムツミが毅然とした表情で控えている。

「各々、大儀だった」

「「「　ははーっ　」」」

　フウガに労いの言葉を掛けられ、三人は膝を突き頭を下げた。すると顔を上げた聖女アンが手を前で組みながら、祈るような姿でフウガに言った。

「聖王フウガ様に観ていただきたいものがございます」

「ん？　なんだ？」

「それでは……こちらへお願いします」

　アンが手を上げるとルナリア正教の聖衣を着た男たちが現れて、なにやら巨大な物体を神輿を担ぐようにして運び込んだ。そしてハシムとモウメイが脇による必要があるほどの体積を持つそれが、アンの背後にドシンッと下ろされた。

　見上げるほどの高さがあり、幅も厚さもある立体物。

　アン以外の者は面食らっていた。

「おいアン。それはなんだ？」

　フウガが尋ねると、アンは手を上げて合図を出した。すると掛かっていた布が取り払われて、中からは巨大な石板のような、あるいはなにかのモニュメントのようなものが現れた。

　その物体の前で、アンは再び祈るようなポーズをとると、

「ルナリア正教の至宝『月の碑文』にございます」

「ほう……これがそうなのですか」

　横で見ていたハシムが自身の顎を撫でながら言った。

「たしか、未来の事象がこの碑文に刻まれるのでしたか？」

「はい。断片的にしか解読はできませんが、正教皇国はこの碑文の予言をもとに国を運営

してきました。この碑文がフウガ様のお役に立つならばと持ってまいりました」

　アンが胸に手を当てながらそう言った。

　しかしフウガは眉根を寄せると「……くだらんな」と一蹴した。

「ならばなぜ、ルナリア正教皇国は俺たちに掌握されることになった？」

　そして玉座の縁に頬杖を突きながら言った。

「異端とされた者たちはなぜ滅ぼされることになった？　予言によってこうなることがわかっているのなら、事前に備えることもできただろうに」

「それは……ルナリア様の導きの、解釈を誤ったのでしょう」

「成功すれば予言に従ったお陰。失敗すれば予言の解釈を誤ったから。それではそこらの占い師と変わらん。それに他人に告げられた未来に振り回されるのなんざご免だ。未来とは己の力で切り開き、勝ち取るものだ。俺たちはそうしてここまで来たんだ」

　フウガが堂々と言うとムツミとモウメイも頷いていた。ハシムは肩をすくめたが反論はせず、アンはそんなフウガを羨望の眼差しで見ていた。

　するとフウガは「それになぁ……」と面白くなさそうに耳の穴をほじった。

「こういうわけのわからん物って、ソーマのところに専門家がいそうなんだよなぁ。アイツは強いヤツや賢いヤツだけじゃなく、珍妙不可思議な才覚を持ったヤツも登用しているからな。突くとなにが飛び出してくるかわからん国だし、この碑文をキチンと解読できるヤツを飼っててても不思議じゃない」

「ああ……そんな感じもしますね」

ムツミが頷いた。そういう国だからこそ弟イチハも才能を開花させたのだろう。

するとフウガは玉座から立ち上がり、月の碑文（ルナリス）に歩み寄った。

彼にはなにが書かれているのかサッパリわからない碑文の表面に触れた。

「俺らは断片的にしかわからないのに、ソーマたちなら解読できそうなのは問題だ。いっそ壊してしまいたいところだが……」

「あの、それはやめてほしい……です」

アンにしては慌てた様子でそう言った。

月の碑文（ルナリス）はルナリア正教徒の精神的な支柱となっているため、これを壊されるとアンのようなフウガを聖王と崇（あが）める者たちでさえも心証を害することになりかねない。

そのことはフウガもわかっていたようでカラカラと笑った。

「冗談だ。ただ、放置しているとソーマに利することになるかもしれん。あそこは中々に優秀な諜報（ちょうほう）部隊を抱えているようだしな。なぁ、ハシム」

「御意」

フウガの問いかけに、ハシムは手を前に組んで首肯（しゅこう）した。

「ソーマの抱える諜報部隊はなかなかに優秀な様子。我らもチマ家が抱えていた密偵集団を増強・拡充した諜報部隊『白蛇』を組織し対抗していますが、彼奴（きゃつ）らに一日の長があるため後手に回っているようです。フリードニア王国とは表だって敵対してはいませんが、水面下では情報戦が激しさを増している状態です」

「そうだな……。この城に忍び込まれて、この『月の碑文』を盗み見られたら厄介だ。どこか彼奴らの手の届かない所へと封印してしまおう。それで良いだろうか？」

フウガがアンに尋ねると、彼女は恭しく一礼した。

「聖王フウガ様の御心のままに。ただ、一つだけお耳に入れたいことがございます」

アンは月の碑文にそっと触れながら言った。

「このところ『月の碑文』はしきりに『北の地』を指す文字を浮かび上がらせているそうです。このことだけはお伝えしたくございました」

「北の地……魔王領か」

アンの言葉にフウガは思案顔になった。

（ようやく国内を落ち着かせることができた。いまの俺はこの国の戦力すべてを自由に動かすことができる。そして……魔王領への対処という名目ならば『海洋同盟』とて協力を拒否できないだろう。盟主であるソーマも魔王領完全解放の必要性は認識しているはずだしな。ソーマと俺が手を組めば、この大陸の人類国家すべての戦力を結集して、魔王領に当たることができる）

魔王領への人類の再戦。フウガはついにそのときが来たのだと感じていた。

（また時代が大きく動きそうだ！　お前にも付き合ってもらうぞ、ソーマ！）

フウガは獰猛な笑みを浮かべながらそんなことを思うのだった。

◇　◇　◇

「……フウガお兄様からソーマさん宛てに放送会談の要請が来てるわ」

夜。政務を終えた俺がユリガの部屋でのんびりと精霊王国産の珈琲(コーヒー)を飲んでいたとき、ユリガがそう切り出した。

結婚したとはいえ立場が立場なのでユリガとの夫婦の営みは保留しているが、かといって遠ざけておくのも要らぬ詮索を受けそうなので、リーシアと侍中となったトモエちゃんの進言もあり、週に一度はユリガと過ごす夜の時間を設けていた。

まあ夜の時間と言ってもお茶や珈琲、たまにお酒なんかを一緒に飲んで雑談しているだけなのだけど、目下この国にとって一番警戒すべき相手であるフウガについて意見交換できる機会としては重宝している。

それに、最近はこうやってのんびり話すだけのような時間も取りづらいので、いまでもたまに開かれるユノとのお茶会くらいには気の休まる時間となっていた。

「……またぞろ、面倒事の予感がするな」

俺が嫌そうな顔を隠さずにそう言うと、ユリガは「でしょうね」と肩をすくめた。

「面倒事を押し付けるつもりもなく、貴方に連絡を寄越(よこ)すお兄様じゃないわ」

「意外と辛辣(しんらつ)」

「事実です……事実だし」

言い直した。妻になったことでユリガは口調など変えようと努力している。

敬語を使って、いつまでも他国のお姫様気分で居ると周囲に見られるのが嫌なのだそうだ。だから公の場や序列がハッキリしている他の妃相手以外にはフランクに話そうとしているようだけど……まだ慣れていないのかたまにごっちゃになっている。

そこを指摘するのも可愛そうなので俺は聞き流して話を続けた。

「フウガはゼムを滅ぼし、正教皇国を掌握した。となると……なにか言ってくるとすれば魔王領に関することか」

「この国への宣戦布告でなければそうでしょうね」

ユリガがサラッと怖いことを言った。

もはやフウガのハーン大虎帝国と対抗できるような勢力は海洋同盟のみだ。

そしてフウガに対抗できる君主はというと、海洋同盟の盟主である俺。

つまり人類側の勢力でフウガがいずれ戦う相手と見定めているのは俺だろうと、この大陸中の人々が思っていた。俺とフウガが戦えばどっちが勝つかなど、酒場の酔っぱらいたちは語っているらしい。人の気も知らないで暢気なものだ……。

大虎帝国の意思統一がなされたいまとなっては、もしフウガ軍がこの国に攻め込んできた場合、グラン・ケイオス帝国を救ったときのように海洋同盟所属の各国がゼムや正教皇国に攻め込むことで撤退させるということが難しくなる。

もちろん士気を挫く効果はあるだろうけど、他の地域を奪われてもフリードニア王国さえ屈服させれば簡単に取り返せる……と、いまのフウガなら考えることだろう。

俺は珈琲を飲みながら溜息を吐いた。

「はあ……まあ、フウガもうちと全面戦争をやる前に、後背の不安要素である魔王領をどうにかしたいと考えるだろう。アレでかなり慎重な男だからな」

「そうね。きっと、ソーマさんと戦うなら全力でやり合いたいと思ってるはず」

「いい迷惑だよ、本当に」

「……なんかごめんなさい」

「ユリガが悪いわけじゃないさ」

俺はしゅんとなったユリガの頭にポンと手を置いた。


そして翌日。フウガとの放送会談の日。

『……と、いうわけだ義弟よ。海洋同盟には魔王領完全解放に協力してもらいたい』

「というわけだ、じゃないだろう」

放送を通じて行われた会談で、案の定、フウガは魔王領完全解放作戦への海洋同盟の参加を要請してきた。俺は頭痛をおぼえてこめかみを押さえながら言った。

「最盛期の帝国が人類国家をまとめあげた連合軍ですら大敗した魔王領だぞ。不測の事態だって十分に考えられる。そもそも、大虎帝国はゼムと正教皇国を支配下に置いたばかりじゃないか。ここでもし躓けば、お前の国にとって致命傷になるぞ」

「私も、そう思います。お兄様」

横に立ったユリガもフウガに反対の姿勢を見せた。

「国の外から見ればよくわかります。いまの大虎帝国を帝国として成り立たせているのは、お兄様と、お兄様が持っている威信によるものです。もし魔王領攻略に失敗して、お兄様の威信に傷が付くようなことになれば、大虎帝国は瓦解しかねません！」

『それは、お前自身の意見か？　ユリガ』

「はい。ソーマ殿に言わされているとかではなく、私自身がそう思っていることです」

『……言うようになったな。さすがに伴侶を得ると違うか』

フウガは堂々と言い返したユリガを見て、成長を喜ぶかのように笑った。

それを茶化されたと感じたのか、ユリガは「お兄様！」とさらに言い募ろうとしたが、フウガはそれを手で制した。

『お前たちの言わんとしていることはわかる。だが、その威信だって長く維持できるというものではない』

「「……………」」

『いま、世界は俺の国とお前らの勢力とで釣り合っている。現状でも安定した統治を行うことはできるだろう。だが、安寧の中で人は夢や野望を腐らせる。魔王領に対して人類一丸となれる力を持ちながら動かないでは、機を逸することになる。魔王領の問題に取り組めるのは、人々が魔王領という脅威からの解放を求めているいましかないのだ』

……言わんとすることはわかる。

俺だって、魔王領の問題に取り組めるとしたらいまこのときを置いて他にないとは思っているさ。だけど……失敗したときのリスクがデカ過ぎる。

戦いやいろんな者たちの献身によってようやく安定してきた国を、また不安定な状態まで戻されるかもしれないとなると、二の足を踏むのが普通だろう。

まあ、そういう普通を足蹴にできるのが英雄たる者の資質なのかもしれないが。

『俺たちは陸上から北の最果て、魔王領の奥地を目指す。お前たち海洋同盟はご自慢の艦隊でもって、海から直接北の最果てへ上陸してもらいたい。南北から挟撃するのだ』

「魔王領の奥地はどこになにがあるかわからないんだぞ」

『それを識るための派遣でもある。わからないからと手をこまねいてはいられんさ』

「魔王やら魔神がいるって噂もある」

『噂の域を出ないだろう。まあいるなら是非手合わせ願いたいものだがな』

獰猛だが、それでいて無邪気な笑みを浮かべてフウガは言った。

この男は本当に……純粋なのだろう。

純粋なるバカ。純粋なる英雄。純粋なる『人』そのもの。

『もちろん協力を断られても、俺たちは自分たちの力で魔王領解放を目指すがな』

くっ……それが一番困るのだ。

以前の帝国主導の人類連合軍の失敗は、ろくな知識もなく魔族と戦争を起こしてしまったことだ。害獣駆除の感覚で魔物退治の軍を派遣したら、魔物と魔族の区別が付かず、魔族と戦争状態に突入してしまったのだ。俺たちはトモエちゃんの能力と体験談によって、魔族にも意思疎通ができる存在がいることを知っている。

もし、フウガたちだけに魔王領への対処を任せれば、それら対話の余地のある魔族にまで構わず攻撃し、反撃されて、同じことの繰り返しになる可能性が高い。

もしフウガが負ければフウガの国は瓦解し、分裂したり、魔物の襲撃に対処できない国が滅んで、新たな難民を発生させ、南部の国々を圧迫することになるだろう。

そうなれば俺が召喚された一年目の時代に逆戻りだ。

それを阻止するには、魔王領をフウガに任せきるわけにはいかない。

「……出兵は、いつを予定している？」

「ソーマ殿!?」

ユリガが驚きの声を出した。多分、いまの俺は苦虫を噛み潰したような顔をしていることだろう。そんな俺にフウガは構わず告げた。

『今年の十一月からを予定している。魔王領は最北の砂漠地帯だ。あの熱気に兵たちがやられぬよう秋以降が良かろう。夜は寒いがこちらは対処ができないこともない』

すぐというわけではない。半年以上の時間はあるか。

「ならば、それまでの間は軽々しく動くな。こちらでも魔王領についての情報収集を行いたい。無策で戦に臨むなど愚かなことだ。ユーフォリア王国のヴァロア城なら当時の戦闘記録が残っているかもしれない」

『ふむ……そうだな。こちらも旧帝国領の調査を命じてみるか』

「いいか。出兵期日までくれぐれも軽挙は慎め、フウガ」

『……いいだろう。よろしく頼む』

放送が切られた。俺は額に手を当てながら天井を見上げた。

「ああもう！」

「……ソーマさん」

ユリガが気遣うように、それでいて兄の一方的な申し出への後ろめたさがあるからか慎ましめに、俺のシャツの裾を摑んでいた。俺はそんな彼女を励ますように肩をポンポンと叩くと、気合いを入れるために自分の頰を叩いた。

「時間がない。できることを、やっておかないと。海洋同盟の諸国にも協力してもらう必要がある。とくにユーフォリア王国のハクヤには、連合軍が魔王領に敗北した当時の調査をしてもらわないと。……ぼやぼやしてる暇なんてないぞ、ユリガ」

「はい！」

俺とユリガは決意を新たにして、宝珠のある部屋から出て行ったのだった。

# 第六章 ✦ 調査

それからしばらく経ったある日のこと。

俺はある人物を政務室へと呼び出した。

しばらくリーシアを共に政務を片付けていると、部屋の扉が控えめに叩かれ「失礼します」とややか細めな声と共に、一人の女性が部屋へと入ってきた。

「お呼びでしょうか、ソーマ殿」

そう言って政務机を挟んで俺たちの前に立ち、軽く会釈をしたのは、宰相代理イチハの姉であり、いまはこの王城で図書室の司書をしているサミ・チマだった。

ただし図書室司書の業務は東方諸国連合内の政争のために負った彼女の心の傷を癒やすために一先ず与えた仕事であり、正式にうちの家臣となったわけではない。

俺はペンを置くとリーシアに言った。

「休憩にしよう。セリィナたちにお茶の用意を頼んでくれ」

「わかったわ」

「さあサミ殿も、こっちに来てくれ」

俺は政務を切り上げると、リーシアとサミを連れてソファーへと移動した。

しばらくすると侍従組のセリィナとカルラが茶器などを持って現れた。二人にお茶の用意をしてもらい、一息吐いたところで俺は早速用件を切り出した。

「今日サミ殿を呼んだのは、貴女(あなた)に頼みたいことがあるからなんだ」

「？　頼みたいこと？」

キョトン顔で小首を傾(かし)げるサミに、俺は頷(うなず)いた。

「これは先日、ハクヤとも話したことなんだけど……」

俺は先日、フウガとの会談の内容をユーフォリア王国にいる宰相ハクヤに伝えた。

ジャンヌに婿入りしたことで、彼はもうハクヤ・ユーフォリアであり、マリアを嫁にもらった俺からすると義弟という立ち位置になるんだよなぁ……などと、頭の片隅で考えつつも、先の会談内容を伝えるとハクヤは渋い顔をしていた。

『また面倒なことを申し入れて来ましたね……』

「ああ。とはいえ、フウガたちだけで魔王領に行かれるほうが危険だろう」

『いきなり魔族と全面戦争しかねませんからね』

ここら辺の危機感はすでにハクヤとは共有していた。

「そんなわけで今年の十一月までに魔族に関する情報をできるかぎり集めたい。それには連合軍を指揮した旧グラン・ケイオス帝国の将兵たちの記録なり、記憶を調べるのが一番だろうと思う。そしてそれができるのは……」

『ユーフォリア王国というわけですね。同意します。ジャンヌ殿にも進言して正式に調査させていただきましょう』

「頼む……というか結婚しても奥さんをジャンヌ殿呼びなのか？」

『公私は使い分けていますので』

しれっとした顔で言うハクヤ。

これは『私』部分では新婚生活満喫中と見た。詳しく聞きたいところだったけど、弄られそうな空気を察したのか、ハクヤが先に口を開いた。

『その上で、陛下にお願いがございます』

「……ん？　なんだ？」

『調査を行いたいのはやまやまなのですが、現在のユーフォリア王国は再編後の新体制への移行のために多くの人員が割かれています。早い話が、調査に充てるだけの人手を確保できないのです』

「ああ、うん。それはわかる」

フリードニア王国側もいま似たようなものだしなぁ……。

『ですので、調査のための人員を派遣していただきたいのです』

「なるほど……」

必要な人材や物資などを貸し借りできるのも、フリードニア王国とユーフォリア王国が

『二つで一つの国』という体制になったことのメリットだろう。

　この前は艦隊の指導役としてエクセルを派遣していたしな。

「で、誰が欲しい？」

『魔物の専門家であるイチハ殿……と、言いたいところですが無理でしょうね』

「当たり前だ。宰相に加えて宰相代理にまで国を離れられたらたまらない」

『それではイチハ殿の姉、サミ殿を貸していただきたい』

「サミ？　サミ・チマか？」

　一応確認のために尋ねると、ハクヤは頷いた。

『ええ。彼女の書庫整理を手伝うこともあったので憶（おぼ）えているのですが、彼女は資料整理と分類に高い能力を持っていました。もともと理数系の学問が好きだということもあるのでしょうね。司書と聞けば文学系の素養が必要なように思われるでしょうが、分類して整理するというのは理数系の素養が求められるものなのです』

「ああ……それはなんとなくわかる」

　俺は国語や歴史などが得意な文系男子だったのだけど、情報処理などでソフトを使って分類分けしろ……みたいな作業は苦手だった。同じ歴史学科であっても土器のカケラや石器など、無数にあるものを体系立てて整理しなくてはならない考古学などは、文献史学に比べればかなり理系的な学問だと聞いたこともある。

『今回の調査においては彼女ほどの適任者はいないと考えます』

ハクヤにそう断言されて俺は大いに納得したのだった。

◇　◇　◇

「……というわけなんだ。どうか協力してもらえないだろうか」

「………」

俺はサミにこれまでのことを説明し、協力を依頼した。

家臣ではないけど身柄を保護している立場なので、強く命令することもできなくはないけど、心に傷を負っている彼女に対してあまり高圧的に接したくなかったのだ。

横に居たリーシアも口添えする。

「もちろん、嫌なら断ってくれていいわ。イチハが近くに居たほうが貴女にとって心の安らぎになるなら、他国になんて行きたくないでしょうし」

「いえ……それは大丈夫、です」

するとサミは静かに頷いた。

「あの子にも、もう婚約者がいる。あまり小姑が縛り付けるのもかわいそう」

「そんな。トモエもイチハも貴女を迷惑だなんて思わないわ」

リーシアがそう言ったけど、サミはフルフルと首を横に振った。

「私が気にしてしまう。私も……そろそろ前を向かないと」

「サミ殿……」

「だからこの依頼、お受けします」

真っ直ぐに俺の目を見ながらサミは言った。

まるで、もう過去に縛られて俯くのはやめると決意するように。

「……いいのか？」

「はい。ユーフォリア王国のヴァロア城にある大書庫にも興味がありますし」

「あはは。ハクヤと同じことを言うんだな」

ヴァロア城の大書庫はビブリオフィルにとっては聖地なのかもしれない。

もしサミがその大書庫が気に入ったら、依頼完了後もヴァロアに居着いてしまうかもしれないな。我が国に所属しているわけではないし……まあ仕方ないだろう。

彼女が新しい生きがいを見つけられたのなら祝福すべきだし。

「よし、それじゃあサミ殿。魔王領の情報集めの件、よろしく頼む。……大書庫に目を奪われて、調査を疎かにしないようにね」

「はい。気を付けます」

俺はサミとしっかりと握手を交わしたのだった。

――その一週間後。


「ユーフォリア王国へようこそ、サミ殿。歓迎します」

ヴァロア城の中庭に着陸したフリードニア王家所有のゴンドラ。

そこから降り立ったサミをジャンヌとハクヤが出迎えた。

いきなりユーフォリア女王夫妻に迎えられて、サミは慌てて一礼した。

「あの、お世話になります。ジャンヌ様、ハクヤ殿」

「なんの、世話になるのはこちらだ。なあ、ハクヤ殿？」

「ええ、ジャンヌ陛下。サミ殿の情報処理能力には大いに期待してよろしいかと」

「きょ、恐縮です……」

べた褒めされて居心地が悪そうにサミが縮こまった。

彼女はもともと双子の姉ヨミとしか話さないインドア派だったからだ。

そんなサミの様子に苦笑しながらハクヤがスッと手を上げて合図を出すと、ジャンヌとハクヤの後ろに文官服を着た男女十数名がズラッと並んだ。

サミが目をパチクリとさせていると、ハクヤは薄(うっす)らと微笑(ほほえ)みながら言った。

「この国の文官たちをお貸しします。これら十五名には貴女の指示に従うようにと言ってありますので、貴女の手足としていかようにもお使い下さい」

「もちろん他にもなにか要りようなら言ってくれ。この国の女王として力になろう」

　ジャンヌにまでそう言われ、サミはまたまた縮こまった。

「きょ、恐縮です」

　そう繰り返すしかなかった。そんな彼女にジャンヌは言う。

「さて、貴女は魔王領での記録と、従軍した兵士たちの魔王領での記憶情報を集めに来たと聞いている。それは間違いないだろうか？」

「は、はい。間違いないです」

「そうか。記録のほうはこれら文官たちと手分けして行えば良いだろうが、従軍した兵士たちから当時の記憶を聞き出そうとするのに、貴女だけでは心許なかろう。退役軍人などには荒くれ者もいるかもしれないしな」

「……そ、そうですね」

　そうか、記憶情報を集めるということは、そういった屈強な男たちと対峙する必要があるのか……と、サミはこのときになるまで思い至らなかった。

　サミはこれでも東方諸国連合では名を馳せた魔導士であり、いざとなったら大の男を数十人まとめて吹っ飛ばせるだけの魔法は使えるが……不安がないとは言えない。

　そもそもナタやゴーシュなどの武闘派の兄を毛嫌いしていたサミ・ヨミ姉妹は武人に対して苦手意識がある。武人でありながら穏やかだったハインラント義父さんのような人の方が珍しいのだ。できれば自分一人で屈強な武人の前に立ちたくない。

「フフフ、心配しなくていい」

そんな内心が顔に出ていたのか、ジャンヌはサミの肩をポンと叩いた。

「そんなこともあろうかと思って護衛を用意した。来てくれ」

ジャンヌが呼び掛けると、文官たちの間を縫って鎧で身を固めた巨漢が歩いてきた。

歩く度にフルメイルの鎧がガシャガシャと音を立てては居るが、その足取りはノシノシというよりはドタドタだった。あまり偉ぶっている感じではない。ジャンヌの横に立った巨漢はピンと背筋を伸ばすようにして立つとビシッと敬礼した。

「お呼びでしょうか、陛下」

「ああ。紹介しよう、サミ殿。彼はギュンター・ライル将軍だ」

「……ギュンターと申します」

ジャンヌに紹介されたギュンターは敬礼を解くと、サミに向かって頭を下げた。

もともとが大きく、またサミがやや小柄なので、それでもまだサミには大きく感じられた。顔を上げたギュンターはまた厳つい顔で正面を向いていた。

一見すると怖い顔をしているようだが、顔はやや強ばっていてどうやら初対面のサミ相手に緊張しているようだった。

きっと人付き合いが苦手で、人前に出ると緊張してしまうタイプなのだろう。同じく人見知り気味であるサミは、同じタイプの人間としてシンパシーを感じていた。

「あっ……サミです。よろしくお願いします、ギュンター殿」

「……よろしくお願いします、サミ殿」

不器用ながらも握手を交わす二人。そんな二人にジャンヌは言った。

「ギュンター将軍がそばにいれば、荒っぽい退役軍人といえど貴女に侮った態度は取らないでしょう。ギュンター将軍、サミ殿のこと、くれぐれもよろしく頼む」

「私からもお願いします。将軍」

「はっ。承知しました、陛下。王配殿」

ジャンヌとハクヤにお願いされ、ギュンターは再び背筋を伸ばして敬礼した。

なんというか、大型犬や人懐っこい巨馬のようだとサミは感じていた。

こうして文字通りの凸凹コンビによる魔王領の情報収集が始まった。


「ふわああ〜」

ヴァロア城内の大書庫に案内されて、サミは目を瞠り感嘆の溜息をこぼした。

パルナム城の書庫も本の森という感じで、無数の本が溢れた読書家にとっては夢のような空間ではあったが、ヴァロア城の大書庫はそのさらに上を行っていた。

ここはまさに本の森だ。それも人の手が入らず、ユニコーンでもいるんじゃないかという幻想的な樹海のようだった。

この大書庫は蔵書数もさることながら、室内の構造や装飾品がとんでもなくオシャレなのだ。フカフカのカーペット。各階へと繋がる螺旋階段。壁には見事な絵画。

パルナム城の書庫はソーマとハクヤの効率重視な姿勢のためか、蔵書数を増やしたあとはシステマチックに収納を変えており、図書館としては利用しやすいがオシャレさはなかった。しかしヴァロアの大書庫は気品に溢れていて、本を読む行為自体が人の一生において尊いものであるということを語りかけてくるかのようだった。

さすがはかつて大陸随一の国家の大書庫である。

一瞬にしてこの大書庫に心を奪われていたサミだったが……。

「オホンッ」

「っ！」（ビクッ）

ギュンターのわざとらしい咳払いで我に返った。

（そうです、まずは使命を果たさないと）

サミはギュンターの後ろにゾロゾロついてきている文官たちに言った。

「まずは魔王領侵攻時の公的な記録を集めてください」

「……すでに用意してございます。こちらへ」

文官の一人がサミを先導するように歩き出した。

ハクヤから事前に指示があったのだろうか、なんと手回しの良い……そんなことを考えながらサミがその文官のあとを着いていく。辿り着いたのは一つのテーブルだった。

「えっ？」

そのテーブルを見てサミはキョトンとしてしまった。その机の上には本が一冊と二、三十枚程度の報告書の束が載っていただけだったからだ。

「……本当にこれだけしかないの？」

サミが真顔で尋ねると、その文官は申し訳なさそうに頭を下げた。

「はい……皆でこの大書庫中を捜索したのですが、公的な記録はこれしか見つけられませんでした」

「記録がない？　魔王領での人類連合軍壊滅って大事件ですよね？」

「はい。だからこそ記録に残せなかったのではないかと……」

どうやら当時の帝国上層部は、あまりの大敗っぷりに人類連合軍の旗振り役であった自分たちが責任を追及されることを怖れて、記録を残すことに消極的だったようだ。

さらに当時の皇帝であったマリアたちの父は、この大敗と多くの者が犠牲になったという事実に心と身体を蝕まれて病床に伏し、間もなく息を引き取っている。

そのあとはマリアが女皇として即位し、持ち前のカリスマ性と『人類宣言』を提唱することでなんとか国内の混乱を鎮めて見せたが、詳細な記録を残している余裕もなかったのだろう。サミは額を押さえて天井を見た。

「為政者っていつもこう……」

歴史は次の時代の勝者にとって刻まれる。

ソーマの居た世界に照らし合わせて見れば、ローマ人や漢民族は多くの歴史書を残している。しかし陳寿が三国志を記したのは次の時代である晋代であるように、前の政権を記録するのはそれを打ち倒した次代の政権の役割になる。当然、次の政権に都合が良いよう歪められたり記録されないといったことが往々にして存在する。

　現在の政権の正当性を確保するため、前政権末期の君主などは滅ぼされて当然の暴君・暗愚という書き方をされることも多い。その国の現状、時代の実状など考慮されることもなく。歴史を詳しく知ろうとすれば、必ずぶつかる壁だった。

　それはこの世界でも同じだった。

「……どうされますか？」

　ギュンターに控えめに尋ねられ、サミはパチンと自分の両頰を叩いて気持ちを切り替えた。そして文官たちのほうを向いて言った。

「公的な記録がアテにならないならしょうがありません。私的な記録を集めましょう。該当時代の日記・書簡などに記述があるかもしれません。魔王領での論功行賞のための書簡、あるいは被害を報告し支援を求めるような書簡などがあれば良いのですが……」

「しかし、そういったものはだいぶ誇張が交じりませんか？　これだけの魔物を倒したのだと大袈裟に言ったり、あるいはこれほどの魔族の攻撃を受けて損害を被ったのだから補償してほしいなど」

　文官の一人にそう尋ねられたサミは頷いた。

「そうですね。そこは数でカバーします。同じような魔物・魔族の目撃例が多ければ、それらは実在するという可能性が高くなりますから」

「なるほど。承知しました」

収集し、分類して、大凡の姿を捉える。

まさにハクヤがサミに期待していた能力が発揮されていた。

「サミ殿も、私的な記録の収集にあたられますか？」

ギュンターに尋ねられ、サミはフルフルと首を横に振った。

「ここは文官の皆さんたちにお任せしましょう。私たちは実際に連合軍に参加した生き残りの方から聞き取りを行いましょう」

「承知しました。どうぞこちらへ」

ギュンターは頷くと、サミを先導するように歩き出した。

サミはその後をトテテと付いていく。

サミは少し遅れて歩き出したのに、ギュンターの背中にすぐに追いついた。

どうやらギュンターはサミの歩幅に合わせてかなりゆっくりめに歩いているようだ。大柄な男性に普通の歩幅で進まれたら、サミは小走りしなければならなかっただろう。

その不器用なやさしさのせいか、サミは彼の背中に義父ハインラントの姿が重なってみえた。いつも温厚に微笑んでいたハインラントと、いつも鬼瓦のように厳つい顔をしていて感情が読み取りにくいギュンターはだいぶタイプの違う人物だというのに。

（根っこにあるやさしさが……似てるのかな？）

そんなことを考えながらサミはギュンターの後ろを付いていった。

乗り込んだのは馬車だった。

どうやら話を聞ける元軍人は城下にいるらしい。

「てっきり軍関係者だと思っていました」

サミがそう言うとギュンターは静かに首を横に振った。

「最前線に居た者たちは全滅に近い有様だったと聞いています。地獄のような光景だったとも。その地獄からかろうじて生き残った者たちも、心になんらかの傷を負っていたといいます。心の傷は、身体が治っても残り続けると……」

「軍に留まることができないほどの心的外傷を負っている……ということですか」

サミもチマ公国に居たころ、魔浪によって心に傷を負い、平穏な日々の中でもいつまた魔物に襲われるのではと怯える人を見たことがある。

心に負った傷は治りにくい。それは義父ハインラントを失った悲しみから、いまだ完全には立ち直れていないサミ自身が体現してしまっていることだった。

「話を聞くというのは、辛い記憶を呼び起こさせるということ。……とても酷なこと」

自分の立場に重ねてサミは自嘲気味に言った。

「……それでも、やらねばならぬことなのでしょう」

「ギュンター殿？」

「二度と同じ過ちを繰り返さないため、先人たちの意思を汲み、活かす。それがいまを生きる者としての使命です。それがこの国の未来に繋がると思いますれば、私はこの国の盾として貴女に協力しましょう」

ギュンターにしては言葉が多めだった。

きっと沈んだ雰囲気のサミを気遣ったのだろう。

やはり不器用だけど優しい人だ、とサミは思った。

「ありがとう。ギュンター殿」

「キノコ？」

馬車が辿り着いた先はとある酒場兼宿場だった。

そこの主人が退役軍人なのだそうだ。

酒場のカウンター越しの主人は当時のことを尋ねられ嫌そうな顔をしていたが、それが新女王ジャンヌのたっての願いだと聞くと、渋々ながら当時のことを話してくれた。

「ああ……それも山のように巨大な、な。魔物たちを駆逐しながら、意気揚々と魔王領を進軍していた俺たちの前に、ヤツは現れたんだ。もっとも、本当にキノコだったのかはわからない。キノコの形をしていたってだけだ」

「は、はあ……」

主人の口から飛び出した「魔王領の奥地で巨大なキノコを見た」という発言。

どういう顔をすればいいのかわからず、サミもギュンターも目を丸くしていた。

そんな二人の反応に主人は自嘲気味に笑った。

「誰も信じちゃくれなかったがね。混乱で幻覚を見たのだとも言われたよ。だが、俺は見たんだ。巨大なキノコ状のなにかがドドドドドと地面を揺らしながら迫ってきて、人も馬もまとめて挽きつぶした。そして……」

「そして？」

「そして……ヤツの真ん中がなにやら光ったかと思ったら、次の瞬間、目もくらむような光の奔流が……戦友たちも、なにもかもを、一瞬で……ううっ」

頭を抱えて呻き出す主人。思い出すことが苦痛になるほどの記憶なのだろう。

「なにもかもが、消え去った。だというのに、あの臭いが頭から離れない。熱風の中で漂う……肉の焼け焦げた臭いが……ぐうっ……くっ……」

「あの、もう結構です。貴重なご意見をありがとうございます」

「うぅ……」

苦しげに頭を抱える主人を見て、サミとギュンターはこれ以上の聞き取りを断念した。

いまも尚、人々の記憶に居座り、苛む存在が魔王領には居るのだろうか。

サミは彼の語る巨大なキノコ状のなにかというものが気になっていた。

収集と分類。

この世のありとあらゆる研究において、基礎かつ根幹を成すものだ。

一つ一つは無価値そうで朧気な情報も、数を集めて分類し、一つのグループを形成させることができれば、その中に法則性や真実のようなものを見出すこともできるようになる。

この点では、価値の薄いように見える物の中から、収集と分類によって隠されていた宝を掘り起こすのが研究者と言い換えられるかもしれない。

たとえばソーマの居た世界において一時爆発的に数を増やした『異世界小説』。

もしこれを可能なかぎりかき集め、徹底的に分類したとしよう。

転生か転移か、異世界へ行ったのは何人か、主人公に付与される能力の有無あるいは強弱、性別の差、異種族化の有無、移動先の世界の状況……等など。

それを徹底的に分類し、まとめたものを表やグラフなどにし、さらにその結果を執筆された当時の社会情勢に照らし合わせてみれば、筆者、あるいはニーズを提供した読者の心理面での変遷などが明らかになるかもしれない。

どんなものからも価値を見出す。

収集と分類は森羅万象すべてを研究対象に変える鍵であると言えるかもしれない。

そして彼女、サミ・チマはその収集と分類のスペシャリストだった。

「魔物の目撃情報と魔族の目撃情報とを分ける」

魔王領での魔物・魔族の接触情報を国の公的な資料に限らず、手紙など私的なものにまで広げた結果、膨大となった資料の山の前で、サミはそう切り出した。

そして並んだ文官たちに命じる。

「とはいえ、魔物と魔族の違いなど、専門家のイチハであっても完璧に分類するのは無理。ましてやそれが人の朧気な記憶をもとに行わなければならないとしたら。だから一先ず魔族の定義を『道具の使用が認められたもの』と『言語の仕様が認められたもの』とする。魔物と魔族を知性の有無で一旦分類する。皆さん、お願いします」

「「「　はい　」」」

サミの指示により、文官たちが一斉に行動を開始した。

さすがは旧帝国が抱えていた文官たちであり、指示さえ的確ならばテキパキと資料の分類を行っていく。そんな中でサミは退役軍人からの聞き取り調査の内容をまとめた書類に目を通していた。

「……やはり気になりますか？」

後ろに控えたギュンターに尋ねられて、サミはコクリと頷いた。

「退役軍人の方が多く口にした『巨大なキノコ』。それと数少ない公的な記録にも存在が仄めかされており、風聞としても伝わっている『鎧甲冑の巨人』……『魔神』と呼ぶ者もいますね。この二つは異質にして異様」

「しかし、見たという証言はかなりあるようですが」

「そう。だから多分、居るんじゃないかと思うのだけど……」

サミは頬杖を突きながら溜息を吐いた。

「巨大キノコも鎧の巨人も、魔物とも魔族とも判別が付かない。魔物といえど巨大なキノコが動き回る姿は想像しづらいし、巨人は魔族よりだと思うけど……イチハの魔識法によれば、魔物は生物として歪な形状をしていることを前提にしている。あまりに巨大な人型生物は生物として歪すぎる」

「魔物の条件は満たしておりますね」

「そう。だけど本当に鎧を装備しているなら知性がある」

「知性があるなら魔族として分類するよう言っていましたな」

「どっちなのかサッパリわからない。『空を飛んでいた』なんて報告もあるし」

サミは「むぎゅー」と呟くと、ぐでっと机に上半身を投げ出した。

ギュンターは書類の一枚を手に取り目を通す。

「もともと魔物とは歪なものです。そういうのもいるのでは？」

「……それを言ったら調査の意味がなくなりそう」

「私も従軍していればお力になれたのでしょうが、なにぶん当時の自分はまだ新兵であり国の守りに残されていました。それが口惜しいです」

「従軍してたら死んでいたかもしれない」

「それもそうですな」

　そんなことを話しながらギュンターは報告にある鎧の巨人の記述を眺めた。

「あるいは、この巨人とやらが魔王ディバルロイであるということは？」

「なくはないけど……そこも気になるところではある」

　サミは報告書の何枚かを手に取った。

「『ディバルロイ』というのが魔王の名前だと思っていたけど、報告書をあらためて調べてみると、記述には揺れがあるよう。『ディーロイ』『バルロイド』『ディルローマ』など、兵士によって聞こえ方は異なっていたようです」

「ふむ……ディバルロイが正しい名前なのかもわからないということですか」

「異なる言語の聞き取りは難しい。無理もないこと」

　たとえばマキャベッリも、マキアヴェッリだったり、マッキャベリだったり、マッキアベッリだったりと、時代や本によって記述の仕方が異なる。イタリア名を日本語の語感に置き換えているのだから、聞き取り手次第で表記が揺れるのも当然といえる。

　同じようなことがディバルロイでも起こっていることが考えられた。

　難しい顔をするギュンターに、サミは肩をすくめて見せた。

「答えの出ない問題をいま考えてもしょうがない。いまはディバルロイのことは置いておいて、魔物と魔族の情報収集を急ぐべき」

「……そうですな。キノコと巨人についてはどうします？」

「それも現状では答えを出せそうにないけど……」

するとサミは小さく微笑(ほほえ)んだ。

「頼りになる弟がいる。判断は任せましょう」

「……というわけなの、イチハ」

『というわけ、じゃないですよ。姉さん』

ユーフォリア女王ジャンヌから宝珠の使用許可を得て、サミとギュンターはフリードニア王国にいるイチハと通信を行っていた。

放送越しのイチハは疲れた表情で溜息を吐いた。

『情報収集先は帝国だけじゃないんです。連合軍に参加した海洋同盟所属の各国にも情報がないかと尋ねていますし、ユリガさんを通じて大虎帝国からも情報は送られてきています。それらを整理するので手一杯だというのに……まだ仕事が増えるんですか？』

どうやらイチハは大忙しらしい。宰相代理に就任して、政務の傍らで魔物の情報を集めて分類しているのだから相当なものだろう。その苦労は察するに余りある。

だけどサミはイチハの姉なのだ。姉とは往々にして弟に理不尽な者である。

「そこは魔物学の専門家であるイチハに頑張ってもらわないと」

サミに微笑みながら言われて、イチハは肩を落とした。

『……わかってはいるんですけど、ハクヤ先生が抜けた穴が大きいです。一応、魔研の元会長など、アカデミー時代の人脈に協力を求めて人員は増やしていますが……』

「ふふふ、留学の経験が生きているわね」

『笑いごとじゃないですよ。みんなそれぞれ立場がある中で来てもらってるんですから』

ちなみに魔研の元会長とは、イチハが学生時代所属していた魔物研究会の会長で、王都で魔物学シンポジウムが開かれたときには、イチハやハクヤの補佐として活躍していた人物だった。卒業後はアカデミー在籍中から彼に目を付けていた貴族の娘サラから熱烈なアプローチを受けて、彼女の実家に婿入りしている。

このサラという娘は、人材マニアであるソーマのお眼鏡(めがね)に適(かな)うような婿候補を在学中に探すよう実家から言われていたらしく、ずっと元会長を狙っていたそうな。在学中から彼を支え、卒業後は彼の研究の後ろ盾となり、愛情と恩義で彼を籠絡(ろうらく)し、婿に迎えてすでに子宝にも恵まれているというスーパー女子だった。

そんな元会長や奥さんのサラをはじめとする、かつての魔研仲間の手を借りて、イチハは情報の精査を行っていたのだった。

「この国に残っている魔物・魔族の情報を精査したら、伝書クイで送る」

『ありがたいけど、ありがたくない。微妙な気分です』

「それより、問題なのは魔族でも魔神でもなさそうなもの」

『……姉さんの言っていたキノコと巨人ですね』

　イチハは真面目な顔になって言った。

『巨人のほうもわかりませんが、キノコの魔物とやらは輪を掛けてわかりませんね。巨大で、動き、人々を押し潰す。その上、光を放って相手を焼き殺す……ですか』

「そんな魔物がいると思う？」

『いないと断言できないのが魔物の厄介なところですが……そのような魔物の話は聞いたことがありませんね。魔物とはいえ、動くなら足や触手などが必要ですし、炎を吐くためには体内にそのための器官を有していなければなりません。キノコの形状のままそのようなことを行う魔物がいるとは、現時点では考えられません。ましてそのような歪な存在に知能があるとは思えないから、魔族ということも考えづらいかな』

「それじゃあ……イチハはこのキノコ型の魔物は存在しないと？」

『いえ、目撃情報が多いなら存在するのかもしれません。ただし、魔物や魔族でないということも考えられるかなって』

「？　どういうこと？」

　首を傾げるサミに、イチハは険しい表情で言った。

『あるいは、魔族が使う兵器の一種なのではないかなと』

「っ!?……なるほど」

　サミはイチハの言わんとしていることを理解した。

　たしかに兵器であれば不可思議な形をしていて、しかもそれを魔物と誤解するということも十分に考えられた。

たとえば巨大な竜脚類のようなフォルムをしているトレビュシェット。

ユーフォリア王国などで実用化されているカノン砲を積んだライノサウルス。

そしてジーニャのダンジョン工房にあるメカドラ。

それらを事前知識のない者が見れば、新手の魔物だと思っても不思議ではない。

『陛下が星竜連峰で遭遇した巨大な立方体なる存在もいるといいます。魔王領の奥地にはジーニャ殿が研究しているような超科学（オーバー・サイエンス）の産物が眠っているとすれば……』

「巨大なキノコ型の兵器があっても不思議ではない」

サミがそう結論づけると、イチハは頷（うなず）いた。

『このことも陛下に報告しなければなりません』

「……そうだね。頑張って、イチハ」

グッと両拳を握って見せるサミ。

人ごとのように言うその姿に、イチハは目を丸くした。

『えっ、姉さんは手伝ってくれないの？』

「それは無理。私はこの国に留（とど）まるつもりだから」

フルフルと首を横に振りながらサミは言った。

「この国の大書庫に一目惚（ぼ）れした。ここで働きたい」

『は、はあ……たしかに姉さんはうちの家臣ってわけじゃないから、そこらへんは姉さんの自由ですけど……なにもこんなタイミングじゃなくてもいいんじゃ……』

恨めしそうに言うイチハに、サミはクスリと笑った。

「あの大書庫を見てしまったらガマンできない。大丈夫。この国での情報収集は継続する。ソーマ殿たちにはそう伝えておいて」

『……わかりました』

サミの意志が固そうなことと、塞ぎ込んでいたサミが前向きな決断をしたなら歓迎すべきだと思ったイチハは、彼女の選択を受け入れることにした。

そして、そばで成り行きを見守っていたギュンターに言った。

『ギュンター殿。こんな姉ですが、どうか気に掛けていただきたく』

「……承知いたした」

寡黙な武将だが、それゆえに誠実さを感じる返答。

隣に立ったサミは穏やかな顔で微笑んでいる。

そんな二人の様子に、イチハはホッとした表情を見せたのだった。

# 第七章　不安な予兆

――大陸暦一五五三年七月某日

ユーフォリア王国に調査チームを派遣してから、早くも数カ月が経過した。

そして暑い日が続いていたこの日。

イチハから魔王領の魔物・魔族の情報を一先ずまとめ終わったとの報告を受けた。

俺は早速円卓のある会議室にリーシア、アイーシャ、ジュナさん、ロロア、ユリガの嫁さん五人、侍中となった【賢狼姫】トモエちゃん、宰相代理のイチハ、そして【白の軍師】ユリウスの八名を集めた。

王城内に居て、それぞれの分野に知見を持つ者を集めたのだけど、ハクヤが居なくなったいまでは完全に家族会議だな。立場的には微妙でもユリガも嫁さんの一人だし、義妹のトモエちゃんにその婚約者のイチハ、そして義兄のユリウスだからな。

季節的にもお盆に親戚が集まってるような感覚だった。

ちなみに残る嫁さんであるナデンとマリアは留守だ。マリアは今日も元気に慈善活動家として王国中を飛び回り、ナデンはそれに付き合わされていた。

女皇の責務から解放されたあとのマリアはとてもパワフルだ。亭主元気で留守が良い、とかなにかのキャッチコピーであったけど、我が家の場合は逆だもんなぁ……。

まあ、それはさておきだ。

「それじゃあイチハ、早速頼む」

「はい。承知しました」

イチハは集まっている全員に資料を配っていった。

武勇に才能を全振りにしているアイーシャが、活字の書類を配られた瞬間に渋い顔をしていた。読めないわけじゃないが難しい内容だと頭が痛くなるらしい。イチハはそんなアイーシャの様子は見て見ぬ振りをして、自分の席に着くと説明を始めた。

「ユーフォリア王国にいるハクヤ宰相やサミ姉さんの協力もあって、魔王領にいるいくつかの魔族について明らかにすることができました。僕が提唱した魔識法は魔物の歪さを利用して、部位ごとに体系化させるというものです。サミ姉さんはそれを逆手に取り、歪さを感じにくい目撃報告を魔族と位置づけてまとめてくれたようです」

イチハが資料をめくると、俺たちもそれにあわせてページをめくった。

「魔族と推定される目撃例で多いのは、鬼、オーク、コボルト、蝙蝠の羽の生えた悪魔のような見た目の人型生物などですね」

「コボルトさん……」

トモエちゃんが顔を曇らせた。

やはり命の恩人の種族を魔族と一括りにするのには思うところがあるのだろう。

　ちなみにユリウスやユリガにも、すでにトモエちゃんの体験談については説明済みだった。この場に居る者たちの魔族・魔物観は、ジーニャの提唱した『生物ダンジョン起源説』などを含めて共有できている。

「その蝙蝠の羽を持つ魔族は、カルラ殿のような半竜人（ドラゴニュート）とは違うのでしょうか？」

　アイーシャが挙手をしながら尋ねた。

　ああ、たしかに半竜人（ドラゴニュート）の翼も蝙蝠の羽っぽくはあるか。竜（ドラゴン）や飛竜（ワイバーン）の前知識がなければ見間違えるということもありうる話だろう。しかしイチハは首を横に振った。

「半竜人（ドラゴニュート）ならば半竜人（ドラゴニュート）が居たと記録に残っていたでしょう。証言に残っているのは蝙蝠の羽の印象のみです。おそらく、こちらのおとぎ話などに出てくる悪魔とかのイメージが強いんじゃないでしょうか」

「……まあ、そうなるか」

　人に蝙蝠の羽だけくっつけたとしたら、悪魔かガーゴイル、それか吸血鬼とかのイメージになるしな。俺の感覚だとエルフ族が存在するなら、吸血鬼族がいても不思議じゃないんだけど……こちらの感覚ではおとぎ話の住人らしい。

　すると今度はジュナさんが手を上げた。

「鬼と言っていましたが、共和国で見たダンジョン産の鬼とは違うのでしょうか？」

「ああ、あのゴリラ鬼か」

「ゴリラ鬼？」

当時は王国で留守番をしていたリーシアに小首を傾げられた。

ゴリラは通じなかったので、ムキムキマッチョなオーエン爺さんを四足歩行にしたような動物だと説明すると、リーシアの瞳からはハイライトが消えていた。

「それは……むさ苦しそうね」

「だろ？　鬼でも、あれは完全に異形の生物だったな」

「そうですね。あの鬼が知能を有しているようには見えませんでした」

俺の意見にジュナさんも同意した。イチハは報告書を確認した。

「接敵報告によれば、そういった歪な形状はしていなかったようです。単純に額に角が生えていて、赤みを帯びた肌の、大柄な人間族という意見が多いようです」

「頭に角なぁ……お説教するときのシア姉みたいな？」

ロロアがそう言うと、リーシアがバンと机に手を突いて立ち上がった。

「ちょっとロロア！　どういう意味よ！」

「ニャハハ、そういうとこ、そういうとこ」

両こめかみの横で人差し指を立てて鬼の角っぽくしてロロアが言うと、リーシアがプリプリと怒っていた。……まあ、たしかにお説教時のリーシアにはたまに角が生えてるんじゃないかって思うときはあるけど。

「ちょっと、ソーマ？　失礼なこと考えてない？」

「っ!?　いや、そんなことは……」

完全に思考を読まれて睨まれてしまい、俺は視線を逸らした。

「『生物ダンジョン起源説』と言ったか」

するとアゴに手を当てて思案顔だったユリウスが口を開いた。

「人類に属する様々な種族も動物も、もとはダンジョンが生み出したものではないか……というのが、ジーニャ・M・アークスの推測だったな。そして魔物はそのダンジョンの不具合が生み出した、言わば失敗作だというのがソーマの推測なのだろう？」

「ん？　ああ、そうだな」

魔物学シンポジウムのとき、たしかにそんなことを考えたっけ。

人類側国家に存在するダンジョンが魔物を吐き出して人々を襲うように、魔族の側にあるダンジョンも不具合を起こしていて、魔物を吐き出しているのではないか。

魔族の側からしても、魔物はダンジョンが〝勝手に〟生み出してしまう存在なのだとすれば、魔族と魔物も対立する関係にあるのではないか。

魔物と魔族がべつの存在であると考えたとき、そのような考えが浮かんだのだ。

ユリウスは「だとすると、だ」と言った。

「不具合を起こしたダンジョンが生み出した失敗作というのなら、本来のダンジョンが生み出そうとしていた正しい形のようなものがあるのではないか？　人族に近い形状の魔物が失敗作であるなら、魔族に近い形状の魔物は一体〝なにの失敗作〟なのか」

「っ！　そうか！　失敗作から逆算するわけですね！」

イチハが目を見開いていた。

「どういうこと？」

トモエちゃんが小首を傾げると、イチハは取り出したペンで報告書の裏に、俺たちが共和国で見たゴリラ鬼と、普通の鬼の姿を描いた。

「魔物と魔族を分けるのは、現状では生物としての歪さのみです。もし陛下たちが見た異形の鬼が魔物であるならば、その魔物は本来、魔王領の奥地で見られた人に近しい形状の鬼になるはずだったのでは、ということです。陛下の言葉を借りるなら、ゴリラ鬼は魔族の一種である鬼の失敗作であると」

なるほど。本来のダンジョンの機能としては、人に近しい形状である鬼を作ろうとしたのだけど、長い年月の中で不具合を起こし、あんな上腕部が肥大化していて、四足歩行の知能のない魔物として生み出してしまったということか。

イチハは口元に手を当てながら考え込んでいた。

「この関係性は鬼だけに留まるものではないでしょう。知能を持たず、人が腐食した姿であるゾンビという魔物。身体が白骨化し、それでも動くスケルトンのような魔物。これらは人間族を作ろうとして失敗したものと考えられます」

「逆に言えば、人に近しい魔物には完成品と呼べるものが存在するのではないだろうか」

イチハの説明を、ユリウスが引き継いだ。

「ラスタニア王国を魔浪が襲ったときに見たリザードマン。人に近しい体躯を持ち、若干の社会性を持っていたあの魔物たちにも完成品と呼べるような存在がいるとするなら。そしてそれが人類側国家に居ない種族であったならば、それは」

「魔族の一種として存在している可能性があるということか」

「魔族とは、この大陸において未発見だった種族ではないか、というのがソーマの見解なのだろう？」

ユリウスに尋ねられて、俺は「ああ」と頷いた。

「リザードマンの完成品なぁ……半竜人になったりするんやろか？」

ロロアが腕組みをしながら言った。しかしイチハは首を横に振った。

「いえ。サンプルとして持ち帰っていたリザードマンの死体を調べましたが、半竜人のものとは体の部位が異なっていました。キチンと完成されていたとしても半竜人にはならないでしょう」

どちらかというと『半竜人』よりは『恐竜人』になりそうだもんな。

なんとなく科学雑誌に載っていた滅びなかった恐竜が人類化したらどうなるかという想像図や、大長編ドラえもんに出てきた竜の騎士のバンホーさんを思い出した。

あのような未発見の人類が魔王領には存在するのだろうか。

そう思うと……少しだけロマンを感じてしまう。

「ともかく人に近い形状の魔物から、人類や魔族を逆算するというのは面白い考え方だと思います。ユーフォリア王国に居るサミ姉さんや、魔物研究に携わっている人たちの力を借りて、今一度精査してみたいと思います」

イチハの言葉に俺たちは大きく頷いたのだった。


さて、魔族の調査について新たな指針が示された、そのときだった。

会議室の扉がバタンッと勢いよく開け放たれた。

全員がビックリして扉のほうを見ると、そこには……。

「ただいま帰りました！」

「……疲れた」

ニコニコ元気なマリアと、お疲れモードのナデンが居た。

慈善事業行脚から戻ってきたようだ。

「お帰り二人とも。今回はどこまで行ってきたんだ？」

「西の方で学校建設に適した場所を探していました」

二人を迎え入れながら訪ねると、マリアが円卓に着きながら言った。

「ラグーンシティから北東方向の河口にある大きな橋が老朽化と強風のために落ちてしまったようです。海岸線の街や村が南北に分断されて難渋しているようなので、修復のための人員を派遣してください」

「ん？　そんな報告は来てなかったと思うんだけど？」

「私は現地の人から直接聞いてとんぼ返りしてきましたから」

マリアがそう言うと、イチハも頷いた。

「その手の報告は一度領主が受理し、必要があれば領主が王都に支援を要請する形ですから、時間がかかってしまいがちです。明日にでもなれば要請も届くでしょう」

なるほど。そう言えば神護の森で災害が発生したときも、すぐに動けたのはアイーシャにボーダン義父（とう）さんから連絡が来て、そこに俺が居合わせ、たまたま工兵部隊化していた禁軍も近くに居たという偶然が重なったからだ。

正式な救援の手続きを踏んでいたらもっと時間がかかったことだろう。

あれがあったからこそ、緊急事態のときには即座に連絡が来る体制を整えたけど、今回みたいにすぐに人の命が危険に晒（さら）されるような事態でない場合は、優先度が下げられ時間が掛かってしまうものらしい。

ここら辺も、もっと改善していかないとな……っと、まずは。

「わかった。イチハ、すぐに送れるように工兵部隊の準備をしておいてくれ」

「承知しました、陛下」

「よし。……それで、ナデンはなんでそんなにお疲れモードなんだ？」

円卓に着くやいなや、ぐでーっとテーブルに突っ伏したナデンに尋ねた。

ナデンは顔を上げると「はあ……」と溜息（ためいき）を吐いた。

「学校建設って親御さんたちの意見を聞かないといけないでしょ？　で、マリアが親御さんたちから聞き取りを行っている間、子供の遊び相手を押し付けられてたのよ」

「フフフ。ナデンさんはどこでも、子供たちに大人気でした」

マリアが楽しそうに言った。ナデンは龍という特異な種族だけど、物の捉え方というか考え方は、俺のかつて居た世界の自立した女性に近しいものがある。

身分や立場に囚われることなく人と接することができるから、相手と同じ視点に立てるのだろう。王都でも市井のおっちゃんおばちゃんたちに人気があるみたいだしな。

「ナデンも教育番組に出てみる？『おねえさんといっしょ』とか」

「それはいいですね。一緒に歌って踊りますか？」

ジュナさんがポンと手を叩きながら言うと、ナデンは「勘弁してよ……」とまた机に突っ伏した。そんなナデンの姿にクスクス笑っていたマリアが、テーブルの上に置かれていた資料に気付いたようだ。

「いまはなにの話し合いをしていたのですか？」

「魔物と魔族。それにキノコと巨人？　そういうのについてよ」

リーシアが溜息交じりに言うと、マリアはコテンと首を傾げた。

「後半がよくわからないのですが」

「ユーフォリア王国に派遣した調査チームから、当時の目撃情報を聞き取ったものが送られてきたのよ。その中に魔物でも魔族でもない存在がいるようだって話」

「ああ、それがキノコと巨人だと」

資料を手に取りながら、マリアは「ふむ」と唸った。

「巨人の話は私も聞いています。なんでも全身銀色のフルメイルの巨人がいたとか、その巨人が空を飛んでいたとか……。でも、キノコの話は初耳ですね」

「そうなの？」

「当時の皇帝は父でしたし、私もまだ十歳かそこらでしたから。……あっ、でも」

マリアはなにか引っかかりを憶えたかのように、口元に指を当てた。

「魔王領からの帰還後、多くの犠牲を出したことに気を病み、病床に伏せっていた父がなにか言っていたような気がします」

「っ!?　そのなにかって!?」

尋ねると、マリアはこめかみを押さえながら必死に記憶を呼び起こしていた。

「たしか……そう、轍。轍を見たのだとか」

「轍って……馬車の車輪が通ったあとにできる溝の？」

「はい。ですがその溝は空堀か、あるいは干上がった川のようであったといいます。おそらく、そう見えるほどの幅も深さもあったということでしょうね。そしてその溝の下には潰され、原形を失った人や馬の身体の部位と思われるものが散乱していたとか……」

「「うわぁ……」」

その光景を想像してしまい、その場に居たほとんどの者がドン引きしていた。

しかし干上がった川のように見えるほどの轍か。

それが車輪によるものだったとしてどれほど巨大な車輪なら、そんな轍が作れるのだろうか。しかも人も馬も挽きつぶして（おそらく）ミンチにするような大きさだ。

「可能性があるとすれば……その轍の主は巨大なキノコの魔物でしょうね」

イチハの言葉に、トモエちゃんが首を傾げた。

「イチハくん、どういうこと？」

「ほら、『キノコ状の魔物が地響きを立てて人を踏み潰した』という目撃条件がありましたよね？　足跡ではなく轍ができたと考えると、車輪かそれに類するもので移動していると考えられます。車輪が付いているような見た目ならば『巨人』だと認識することはないでしょう。となればキノコのほうかな、と」

「なるほど。だとすると、やはりキノコは何らかの兵器と考えた方が良さそうだな」

俺がそう言うとリーシアが「そうね」と頷いた。

「ソーマが紅竜城邑戦で使用した『陸上戦艦アルベルト』が近いんじゃないかしら。あれも通ったあとは轍もできるし、人を踏み潰すことだってできるでしょ？」

ああ、あれか。あれならまあ、同じようなことができないこともないか。

「でも……紅竜城邑戦では固定砲台として使ったから、挽きつぶすような戦いはしてないぞ。それに無理矢理車輪くっつけただけだから荒い使用には耐えられないだろう。実際、初代の戦艦アルベルトは戦後には廃艦になってるし」

俺がそういうと、ユリウスが「ふむ」と唸った。

「魔族は縦横無尽に動き回れる陸上戦艦を持っているということだろうか？」

「もしそうなら厄介この上ないな……」

それだともう戦艦というよりは戦車だろう。

もし本当に戦車なのだとしたら、轍のサイズから考えて、計画だけで終わった『ラーテ』や『モンスター』といった化け物戦車より遥かに大きな戦車ということになる。

「そんな化け物みたいな兵器とは極力戦いたくないところだ」

俺がそうぼやくとみんな揃って頷いていた。

「轍ができるなら陸上兵器よね？　陸路を進軍予定なのはフウガ軍だけど……」

リーシアの溜息交じりの言葉に、俺は首を横に振った。

「いや、今度は空飛ぶ巨人が気になってくる。そんな兵器を作り出せるヤツらが持っている兵器だし、巨人のほうも一筋縄じゃいかないだろう。空を飛べるなら海上にも現れるかも知れないからな」

「そうね……」

「ユリガ、この情報をフウガにも伝えてくれ。それで計画を変更してくれるようなヤツじゃないだろうけど」

「わかりました。……私も同意見です」

ユリガも頷きながら肩を落としていた。言って聞くようなヤツじゃないからな。

一先ず、キノコは魔族が使う兵器という認識の下、準備を継続することを決めて、その日は解散することとなった。リーシア、アイーシャ、ナデン、マリア以外が持ち場に戻っていったあとで、ナデンが俺の背中に跳び乗ってきた。

「あっ、こら、ナデン」

「今日はあたしの日でしょ？　疲れてるんだから、甘やかしてよ」

「フフフ、そうね。存分に甘やかしてあげなさいな」

リーシアにも苦笑気味に言われ、それもそうかとナデンの頭を撫でた。

ナデンは満更でもなさそうに喉を鳴らしている。

するとマリアがパッと手を上げた。

「明日は私の日なのでお忘れなく。新婚らしくイチャイチャしましょう」

「いやいや、新婚早々飛び回ってるのはマリアのほうじゃないか」

「フフッ、アナタの傍で元気を溜めてるから飛び回れるんですよ」

「左様で……」

屈託のない笑顔でそう言われてしまうと、なにも言い返せないよな。

（……だけど、キノコ型の兵器か）

魔王領の問題に取り組むと決めた途端、不安材料ばかりが増えていくな。ダメ元と思える手段でもなんでも駆使して、準備を進めていかないとならないだろう。

◇　◇　◇

十一月に予定されている魔王領奥地への陸路・海路による二方面侵攻作戦。

それまでの間、海洋同盟に所属するフリードニア王国、ユーフォリア王国、トルギス共和国、九頭龍諸島王国の四カ国と、大陸随一の大国となったハーン大虎帝国はそれぞれ軍備増強と内政強化に励んでいた。

そんな中で、ハーン大虎帝国は積極的に宝珠を用いた宣伝戦略を行っていた。

『ついに魔王領との決着をつける時が来た』

十一月の侵攻作戦に向けて、国民に対しそう宣伝していたのだ。

時期的なものはさすがに明言はしなかったが、近々大規模な作戦に打って出ると。

この宣伝の効果は覿面で、フウガ支持派は『いよいよフウガが英雄として魔王と戦うのだ』と興奮し、支持派でない者たちも魔王領からの脅威がなくなること自体は歓迎なので、戦果を期待するようになった。

それと同時に、この宣伝戦略は共に行動を起こす俺たちへの牽制でもあった。

手を抜いたり、出兵が遅れるようなことがあれば、フウガたちは俺たちを人類への背信者だと糾弾するだろう。フウガたちの放送は海洋同盟諸国には流れていないが、行商人など人の往来はあるため俺たちの国にも流れてきており、うちの国民たちの中からも戦果を期待する者は出てきている。

かといってこれを強く打ち消すようなこともできない。

フウガ軍と共に魔王領へ征(い)かねばならないのは決定事項なので、打ち消そうとすればいたずらに士気を下げるだけだし、国民たちを困惑させることになるだろう。

相手の狙いがわかっていても、上手(うま)くかわす術がない。

ハシムに上手いことしてやられた形だった。

そして……そんな準備期間も終わりを迎える。

——大陸暦一五五三年十月初頭

『さあソーマ。時が来た』

「………」

放送越しのフウガが挨拶もそこそこにそう切り出した。

もし人々に今日の会談の様子が伝わったなら名言として残りそうだ。俺としては昔似たようなことを言ったプロレスラーが居たような……ぐらいにしか思わないけど。

今日は二方面侵攻前の最後の会談の日だった。フウガの意思が絶対であるためか、はたまた準備に追われて忙しいのか、フウガ側には同席している者はない。

ハシムも同席していないのは、すでに決まったことを伝えるだけだからだろう。

一方で、俺たちの側にはリーシアとユリガが同席していた。

「……言っただろう、フウガ。魔族はこちらにとって未知の兵器を持っているかもしれないと。そんな物見遊山気分だとと、とんでもない失態を演じることになるぞ」

　軽すぎるノリにそう苦言を呈したが、フウガは鼻で笑った。

『物見遊山だろうと、悲観的だろうと、行かなければ未来を切り開くことはできまい。行くことが決まっているなら、暗い気分になる必要も無かろう。思い煩うだけ損だ』

（莫煩悩。煩い悩むなかれ……か）

　たしか元寇という国難に挑もうとしている執権・北条時宗に禅師が贈った言葉だったか。あれこれ思い悩む前に、思うがままに行動せよという教えだ。

　フウガも時宗と似たような気分なのかもしれない。

「……お兄様」

　するとユリガが一歩前に出た。

「私はもうソーマ殿の妻で、ソーマ殿は私の夫です。お兄様と夫が轡を並べて難敵に挑む。本来なら、二人の架け橋となるべき私にとって、これほど心躍ることはないでしょう。ですが、魔王領に対しては不安が勝ちます！」

『……………』

「私は、お兄様の夢をいまも応援しています！　ですが、今回の件はやはり無謀がすぎる気がします！　もっと慎重に、ソーマ殿と共に上手いやり方を探すべきなのではないでしょうか！　かつてのグラン・ケイオス帝国がそうであったように、一度の失敗で取り返しの付かないことになります！　私は、心配なのです！」

ユリガは必死にそう訴え、フウガは黙ってユリガの言葉を聞いていた。

しかし、しばらくしてフウガは首を横に振った。

『お前の言葉は、俺のことを思ってくれてのことだということは理解している』

「お兄様！」

『だが止まれんよ。突き進むということが、俺が俺である証だからな』

たとえ道半ばで斃れることになろうとも、と言外に言っている気がした。

そしてフウガは真っ直ぐな目で俺の目を見つめた。

『今度言葉を交わすときは、放送越しではなく、大陸の最北で直接まみえたときになるだろう。そのときを楽しみにしている』

「……お互い、骸になってなければな」

『ハハハ！　そうならないよう奮励努力しよう。お互いにな』

そして、フウガとの通信は途切れた。

ユリガはその場に力無くへたり込み、リーシアが彼女の肩を抱いていた。

ユリガの背中をさすりながら、リーシアが俺のほうを見た。

「行かなければならないのね」

「……ああ。いつかは向かい合わなければならなかったことだしな。今回のようにフウガに主導権を握られている状態での、魔族との接触は避けたいところだったが……先にフウガに接触されるのはなんとしても防がないといけない」

「かといって、抜け駆けして軍を派遣させるわけにもいかないものね。なにがいるかわからない魔族と海洋同盟だけで接触するのは危険すぎるし、そこで大損害を被ることになれば、今度は大虎帝国に攻め込まれたときに一溜まりもないわけだし」

「そうだな……できれば、陸上から同時に侵攻してくれる勢力は、マリアの時代のグラン・ケイオス帝国みたいな気心が知れている相手が良かったよ」

その帝国が分裂し消滅したいまとなっては、たらればの話に過ぎないけどな。

するとリーシアは少し切なそうに顔をしかめた。

「私は……やっぱりついてはいけないわよね？」

「……ごめん。俺になにかあったとき、国を引き継げるのはリーシアだけだし」

「わかってる。こういうとき立場があるって歯痒いわ」

リーシアはそう言って唇を噛んでいたけど、堪えてもらうしかない。

……まあこの遠征で俺たちが大損害を被るとしたら、フウガの側も大損害を被っていることだろう。フウガが命を失わないまでも深手を負って、戦場に立てなくなるだけで、大虎帝国は崩壊する危険性を常に孕んでいる。

カリスマによって建てられた大国は、カリスマを失うと脆いからな。

逆に海洋同盟諸国は団結すれば、大虎帝国崩壊後の混乱も乗り越えられるはずだ。

海洋同盟は一人の個性で成り立つような国ではないからな。

リーシアがクー、シャボン、ジャンヌとハクヤとの良好な関係を維持すれば、たとえ俺がいなくても国家としては保たれることだろう。

　エルフリーデン王家の血を引いてるのはリーシアなわけだし。

（……まあ、心配するだろうから口に出しては言わないけどな）

　ユリガが落ち着くのを待って、俺たちは宝珠のある部屋から出た。すると、

「とうさまっ」「とうさま！」

　リーシアとの子供であるシアンとカズハがトテトテと駆け寄ってきた。

　二人は俺の足にひしっと抱きついた。

　今年の十二月で六歳になる二人はだいぶ大きく、重くなってきた。オーエンに鍛えられているとはいえ、二人同時に抱え上げるのはそろそろしんどくなって来ている。

「？　どうしたんだ二人とも？」

　そう声を掛けると、カズハは顔をあげてニンマリと笑ったが、シアンは俺のズボンに顔を埋めたままだった。どうしたのだろうと思っていると、向こうの方から侍従（メイド）ドレスのカルラが慌てた様子で走ってきた。

「す、すみません。お二人がお父上のもとに行くのだと走り出してしまい……」

「いや、べつに構わないけど」

　申し訳なさそうなカルラにそう声を掛けていると、リーシアがカズハを抱っこした。

「まったく、アナタは元気いっぱいね」

「あい！」

元気に返事をするカズハ。こっちのほうは大丈夫か。問題は……。

俺はいまなお俺のズボンに顔を埋めてグズっているシアンの頭に手を置いた。

「どうしたんだ？　シアン」

「……いっちゃやだ」

シアンは顔を上げると、目に涙を溜めながら俺に言った。

「とうさま、いっちゃやだ。いったら、かえってこれなくなる」

「……………」

元気いっぱいなカズハとは正反対で、普段から大人しくワガママも言わないシアンからの懇願に俺たちは目を大きく見開くことになった。

シアンが俺が『出掛ける』ということを理解していたからだ。

二人はまだ六歳にもなっていない子供だ。当然、魔王領への侵攻について話してもいないし、城内で噂話として聞いたとしても理解できないだろう。

それなのに、シアンは俺が危険な場所にいくということを理解しているようだ。

リーシアがハッとした表情でカルラを見ると、カルラは慌てたようにブンブンと首を横に振った。カルラが教えたとかそういうことではないらしい。

（……まさか）

俺は一つ思い当たることがあった。

リーシアの母、エリシャ様の魔法だ。エリシャ様は、命の危機に瀕したとき、過去の自分にいまの自分の記憶を送ることができる特殊な魔法を有している。

送られた側としてはまるで未来を視たような気分になるそうだ。

まだシアンとカズハが持っている魔法については判明していない。

しかし、もしシアンがエリシャ様の能力や、それに近しい未来予測系の魔法を隔世遺伝的に有しているのだとしたら……さっきシアンが語った内容は……。

浮かんだ想像に背筋が寒くなった。

（………）

そしてそんな俺とシアンの様子を、ジッと見つめている人物がいた。

◇　◇　◇

数日後、俺はユーフォリア王国にいる宰相ハクヤを除く主立った家臣たちを謁見の間に集めた。玉座に座った俺の後ろにはマリアとユリガを含む嫁さん七人も並んでいる。

まずは国防軍総大将と副大将であるエクセルとルドウィンを呼び出した。

「エクセル、ルドウィン」

「「はっ」」

進み出て、階下で膝を突き頭を下げる二人。

そんな二人に俺は顔を上げて立つように告げた。

　二人が立ち上がったのを見て、俺は話を続けた。

「今回の魔王領行きだが、現場での判断が重要になる。俺も艦隊と共に征かなければならないだろう。ただ……此度の出兵はフウガの大虎帝国に引き摺られる形になっている。準備不足な面もあるため、不測の事態には備えておかなければならない」

「ええ。そうですわね」

　エクセルがどこか凄みのある笑みを浮かべながら言った。

「時代の潮流に乗ったとはいえ、数年の間に大帝国を築き上げた御仁。風聞だけでも油断のならない人物であることがわかります。陛下が艦隊を率いて留守にしている間に、軍を反転させてこの国に攻め込まないともかぎらないかと」

　エクセルの言葉に俺も頷いた。

「そうだな。備えは怠れない。……ルドウィン」

「はい」

「島形空母に搭載する飛竜騎兵とハルバート旗下の竜挺兵以外の、国防軍の陸軍・空軍は国に残していく。もしフウガが変なことをしても食い止められるよう、防備を固めてくれ。ユーフォリア王国のジャンヌ殿、共和国のクー殿とも連携してな」

「承知しました。陛下の留守は私が身命を賭してお守りします」

　ルドウィンの返答を聞いて頷くと、ユリウスとカエデを呼んだ。

　二人が家臣たちの列を縫って前に出てくると、俺はそんな二人に言った。

「軍師ユリウス、そして参謀のカエデにはルドウィンの補佐を頼む。俺の留守中は宰相ハクヤにも来てもらう。三人の知謀でもってこの国を策謀から護ってくれ」

「はっ」

「承知いたしましたです」

ルドウィンたちを下がらせると、今度はエクセルのほうを見た。

「エクセル。海軍の編成は済んでいるな?」

「御意にございます。いつでも出航可能な状態です」

エクセルがそう言って一礼すると、俺は頷いた。

「エクセルには艦隊を率いる総大将となり戦闘時には指揮を執ってもらう。陸軍は国に残すが、海軍は不測の事態に備えるためにも、防衛用の一部を除いた戦力を投入する。空母『ヒリュウ』だけでなく、完成した同型艦『ソウリュウ』『ウンリュウ』も投入する。エクセルには『ソウリュウ』の艦長も務めてもらう」

「承知いたしました」

エクセルを下がらせると、集まった家臣たちを見回して言った。

「魔王領の存在はいまの人類の頭上に常に存在し続けた問題であり、フウガが英雄たる根拠でもある。現状の魔王領は人類にとって共通の敵であり、フウガがこれへの備えという名目で人類側国家への軍事行動を起こす論拠となっている。この魔王領の脅威をなくせるならば、フウガは英雄として軍事行動を起こすのが難しくなるだろう。これは我が国や海洋同盟諸国の安寧にも繋(つな)がってくる」

俺はそこで一度言葉を切り、一息吐いた。

「できるならば、慎重に慎重を重ね、魔族と呼ばれる者たちとも対話の道を探りたいところだが……そうもいかないのが戦場だろう。想定外が想定され、都度決断が求められることになる。この難題を乗り越えるため、諸君らの力を貸してもらいたい！」

「「「はっ」」」

集まっていた者たちが一斉に手を前に組んで低頭した。


家臣たちへと指示を終えて、王家が使う食堂へと向かうと、俺は嫁さんたちにトモエちゃんとイチハを加えた九人を集めた。子供たちは王城に遊びに来ていたアルベルト義父(とう)さんとエリシャ義母(かあ)さんが、保育所で面倒を見てくれている。

他には給仕役として侍従(メイド)のセリィナとカルラも居た。

家族＋αを集めた席で、俺は口を開いた。

「今回の出兵にはアイーシャとナデンには同行してもらう」

「はっ。承知しました」

「まあ当然よね」

嫁さん内の戦闘力トップ2であるアイーシャとナデンが頷いた。

「リーシア、ロロア、マリアは連れて行けない。もし万が一のことがあった場合、影響力が大きすぎるからだ。……俺になにかあったときの対策でもある」

「……そうね」

「まあ付いていってもダーリンの役に立てそうにないわなぁ」

「私も、戦闘や指揮はジャンヌに頼りっぱなしでしたからね……」

嫁さん内の立場のある三人も渋々といった様子で頷いた。

……仮にもし、シアンが予感したように俺が帰って来られないような事態になっても、リーシアがロロアとマリアと協力すれば国内の動揺を抑えることができるだろう。

あまりそうなりたくはないが……。

「残るはジュナさんとユリガだけど……」

「海戦ならばお役に立てるでしょう。連れて行ってください」

俺が言い終わる前にジュナさんが言った。

たしかに俺の代わりに乗艦予定のアルベルトⅡの指揮を執れるジュナさんには同行してほしい。ただエンジュもカイトもまだ物心つく前だということを思うと……躊躇(ためら)いがあった。そんな俺の内心を察したのか、ジュナさんは柔らかく微笑(ほほえ)んだ。

「王城には頼れる〝お母様〟が沢山います。心配はありません」

「ジュナさん……わかりました。お願いします」

「はい」

　ジュナさんがそう言うと、ユリガが「はい」と手を上げた。

「私も同行します。王国に残るよりも、ソーマ殿に同行したほうがお兄様への牽制(けんせい)になりますから」

「牽制……か。できると思う？」

「多少は……いえ、ほんの少しでもなると期待したいです」

　ユリガが自信なさげに苦笑しながら言った。……そうだな。

「ほんの少しの期待でも積んでおくほうがマシか。……よろしく頼む」

「了解です」

「そして……トモエちゃんとイチハだけど、付いてきてもらえるかな？　もちろん前線には出さずに後方の離れた位置に待機してもらうことになるだろうけど」

　魔族と接触することを考えると、トモエちゃんの能力と、イチハの知識はどうしてもほしかった。あまり危険な場所に留(とど)めておきたくはないし、有事の際には真っ先に逃がさなければならないけど。二人は一瞬顔を見合わせたけど、すぐに頷いた。

「もちろんです、義兄様(あにさま)！　私はこの日のために養女になったようなものですし！」

「僕もです。いまこそ登用していただいた恩を返すときです」

「……ありがとう。二人とも」

　意気込む二人に俺は感謝を述べた。これで伝え終わったかな……。

「それじゃあ……」「待ってください！」

話を締めようとしたとき、声が掛かった。

見ると侍従ドレスのカルラがピッと手を伸ばしていた。

「陛下。此度の出征、どうか私もお連れください」

「カルラ？」

リーシアが目を見開いていると、そんなリーシアに向けてカルラは胸を叩いた。

「陛下の護衛は多いほうが良いでしょう。リーシアも同行できずに不安でしょうから、私が代わって陛下をお守りいたします」

「そりゃあカルラが傍に付いいてくれたほうが安心だけど……」

リーシアが「どうする？」という視線をこっちに投げてきた。

う〜ん……まあカルラは戦闘力も高いし、近くに居てくれるのは心強いか。

立場もまだ（本人の希望もあって）王家に隷属している身分だし、万が一の事態に陥っても影響がでにくいというのは連れて行くハードルは低い。いつも子供たちの面倒を見てもらっているし、久々に武人に戻りたいというのなら断る理由もなかった。

「わかった。カルラも同行してくれ」

「ありがとうございます！」

こうしてすべての準備は整った。あとは鬼が出るか蛇が出るか……あるいは巨人やキノコかも知れないが、未知に満ち満ちた魔王領へと向かうとしよう。

# 第八章  接近遭遇戦

——大陸暦一五五三年十一月・夜

ついに大虎帝国軍はランディア大陸の北の果て、魔王領の奥地へと向かって進軍を開始した。動員したのはハーン大虎帝国、ルナリア正教皇国の兵士たちだけだが、ガーラン精霊王国の父なる島のハイエルフたちや北の地の奪還を目指す難民からの志願兵も加わっており、その数は八十万ほどになっていた。

フウガはこの軍を三つに分けると、一隊はシュウキンがハイエルフたちなど率いて西側から、一隊は元レムス王のロンバルトがグラン・ケイオス帝国の属国だった地域の兵などを率いて中央から、そして最後の一隊はフウガ自身が精鋭と故郷奪還という目的のため士気の高い難民兵などを率いて東側から魔王領の奥地を目指していた。

ただしシュウキン隊とロンバルト隊には魔族への攪乱（かくらん）と制圧地域の安定が主であり、フウガ軍本隊よりも先行しないよう命じていた。

また、同じ頃。海洋同盟の盟主であるソーマもまたフリードニア国防海軍の艦隊を率いて、海路から北の果てを目指しているという報告を受けていた。

道中、散発的な襲撃を繰り返してくる魔物たちを殲滅（せんめつ）し、進軍を続けるフウガ軍本隊。

その中心に居たフウガとムツミのもとに参謀のハシムが馬で駆け寄ってきた。

「フウガ陛下。物見の報告に寄りますれば、ここから少し先に魔族側が都市や村などを利用して築いた砦群があるとのこと。大事を取って遠巻きに見ただけのため、その内情は不明ですが、それでも相当な数が目視できるとのこと」

「……つまり、こっから先が魔族の領域ってことか」

飛虎ドゥルガの背に寝そべっていたフウガは身体を起こした。

「いよいよだな。人類の逆襲戦が始まるってわけだ」

フウガが獰猛な笑みを浮かべると、隣で馬に乗っていたムツミが顔をしかめた。

「最盛期のグラン・ケイオス帝国が大陸中の軍を束ねて挑んでも勝てなかった相手なのです。旦那様、くれぐれもご油断なされませぬよう」

「そのとおりです」

ハシムもムツミの言葉に同意した。しかしフウガはニカッと笑った。

「わかってるさ。こっからは手探り状態だしな。ただ……グラン・ケイオス帝国のときは寄せ集めの軍隊で、指揮官にそれを束ねる統率力もなかった。だから一回の被害で総崩れになったわけだが、俺たちの軍は違う。俺がいきなり討ち取られでもしないかぎり、後手に回っても立て直すことができるだろう」

「それを心配しているのです。陛下はすぐに前に出たがるので」

ハシムが冷めた目で言うと、フウガはバツが悪そうに頬を掻いた。

「だからわかってるって。……今回ばかりは慎重に行くさ。まずは難民兵たちを散兵（隊列を組まず、遠距離武器などを駆使して戦闘前に相手の隊列をかき乱し、相手が前進してくれば後方へと下がる兵種）として展開させろ。飛竜騎兵（ワイバーン）はその上空を警戒。精鋭の騎兵隊は左右に分散して配置しろ」

フウガの指示は敵がこちらの予想外の攻撃をしてきて被害が出るような場合、真っ先に使い潰してもよい者たちが狙われるようにし、もしも劣勢に陥った場合には主戦力を撤退させやすくするようにというものだった。早い話が難民兵などの利用価値の低い者たちを囮（おとり）として使おうというのだ。その意図を正しく理解したハシムは頭を下げた。

「承知いたしました。全軍に伝えます」

ハシムが馬で駆けていくと、フウガは今度はムツミを見た。

「シュウキンとロンバルトの軍に、夜明けと共に戦闘を開始すると遣いを送ってくれ。もし膠着（こうちゃく）状態になるようなら、アイツらの援軍到着で流れも変わるだろう」

「はい。すぐに」

ムツミも馬で駆け出した。その背中を見送りながらフウガは前方を睨（にら）んだ。

「さて、あとは……なにが出てくるかだ。魔族か、魔神とやらか」

そう嘯（うそぶ）くフウガだったが、やがて彼らの前に現れたのは想像を絶するものだった。

夜明けすぐのまだ少し薄暗い頃。

真っ昼間の戦闘では酷暑のため兵たちの消耗が激しい。だからこそ、まだ気温が上がらないこの時間を選んで大虎帝国は攻撃を仕掛けることにした。

魔族が築いたと思われる砦群に一当てするよう命じられた難民兵たちは、散兵として砦に接近した。一先ず、砦内に守備兵がいるのか、どれくらいの戦力がいるのかという情報収集が任務だと説明されていた。しかし……。

ドドドドドドドドドドッ
「な、なんだ!?」

「地震か!?」

彼らが砦の一つに迫ろうとした刹那、地鳴りがして、地面が揺れ出した。その音と揺れは徐々に大きくなっていき、なにかが近づいているということがわかった。

「な、なにか来てやがるのか?」

「一体なにが……っ!?」

恐慌を来しはじめていた難民兵たちの前に〝それ〟は姿を現した。

砦の中からではなく、砦の後ろからぬっと姿を現したそれは、見上げるほどの大きさだった。それがドドドドと大きく地面をならしながら迫ってくる。

「な、なんだありゃ!?」

「キ、キノコの化け物か!?」

「み、三つ目のキノコの化け物だああ！」

見上げるほどに巨体なそれは、たしかにキノコか、あるいは下半身を半分地面に埋めた雪だるまかのようなフォルムをしていた。そして難民兵たちの遥か頭上、その巨体の上の方には桃色に煌めく灯りが三つ見えた。すると……。

『○△×□●!!』

するとその巨大ななにかから、なにか言葉のようなものが発せられた。

大音声ではあり、その声は軍全体に聞こえていたのだが、大陸共用語ではないために誰も理解することができなかった。

しかし、その雰囲気から歓迎の言葉ではないことはたしかだろう。

『○△×□●!!』

再び、同じ言葉がその巨体から放たれた。しかし相変わらず聞き取れない難民兵たちは、ただポカンとその巨体を見上げることしかできなかった。すると、そのキノコの中央部分がなにやら明るく輝きだした。その光はどんどん大きくなっていく。

「っ！　まずいっ！」

その光景を遠くから見ていたフウガは野性の勘で危険を感じ、すぐに命令を出した。

「各軍にすぐ散開するように伝えろ！　ともかくヤツの正面からは離れるんだ！」

伝令兵や伝書クイなどを飛ばし、またフウガ自身が自身の居る中央を無理矢理二つに割ってあえて両翼を圧迫することで、あえて陣形を乱し、後方で待機していたフウガ軍本隊は左右に分断されることになった。しかし散兵として広く分散している難民兵たちにはこの動きはわからず、呆然と立ち尽くしているだけだった。

すると、キノコ状の巨体の中央に集まっていた光が収まった、次の瞬間。

――――!!


その光が巨体の真っ正面に向けて放たれた。

その光の奔流は、正面にいた難民兵の三分の一を飲み込み、後方で退避の遅れたフウガ軍の本隊の一部をも呑み込んだ。その光に呑み込まれたものたちは一瞬にして掻き消えて、塵一つ残さずに消滅した。眩しい光とともに沸き起こった熱風が、難を逃れた散兵たちを吹き飛ばし、後方のフウガ軍本隊にもその熱気を伝えていた。

(くそっ！　ソーマの言っていた魔族の兵器ってヤツか！)

フウガは終息しつつある光を睨みながら内心で舌打ちをした。

事前の警戒と迅速な判断により、フウガ軍の主力は被害を免れていた。散兵として派遣されていた難民兵たちは、風に吹き飛ばされての負傷も含めれば全滅に近い様相ではあったが、すぐに態勢を立て直して戦闘に移れる状況ではあった。

「フウガ様！　すぐに総攻撃の下知を！」

近くに居たハシムがそう進言した。

「あのような攻撃がすぐに、そう何発も行えるとは思えません。あのデカブツが沈黙しているいまが好機。全軍にて総攻撃を行い、ヤツを破壊しなければなりません！」

「……ここで撤退すれば旧人類連合軍の二の舞か。よかろう！」

ハシムの言葉にフウガは即座に決断した。フウガはドゥルガに跳び乗ると空へと駆け上がり、大音声でおののく将兵たちに言った。

「全軍聞けぇい！　フリードニア王ソーマは自身の艦隊を用いて、山のように巨大な〝怪獣〟とやらを討伐したという！　ソーマにできたことが、諸君らの皇帝たるこの俺にできないと思うのか！　あの魔王領解放に消極的な国にできたことが、勇敢なる諸君らにできないと思うのか！　否！　断じて否である！」

フウガの言葉に動揺していた将兵たちは我に返り、鬨の声を上げた。将兵たちが戦意を取り戻したことを確認し、フウガは愛用の斬岩刀の切っ先を巨体のほうに向けた。

「いまこそが、煮え湯を飲まされ続けた人類の逆襲のときである！　我に続け！」

フウガがドゥルガで駆け出すと、その雄姿を見た人々は熱狂し、その熱狂は全軍へと伝播する。こうしてフウガ軍はキノコ状の巨体に総攻撃を開始したのだった。

◇◇

――一方、同時刻。
「夜明けか……」

戦艦アルベルトⅡの艦橋で俺は差し込む日差しに目を細めた。

フリードニア王国艦隊は海上であるが故に早い夜明けを迎えていた。

俺を乗せたアルベルトⅡも悠々と海の上を進んでいる。九頭龍女王シャボンが付けてくれたキシュン率いる九頭龍王国艦隊も護衛に加わり、島形空母も三隻あることから、その艦隊の規模はかつてオオヤミズチと対峙したときを凌駕していた。

三隻の空母は前方と中央と後方にそれぞれ配置し、それぞれが輪形陣（空母を中心に置き戦艦で囲んで護衛する形）を形成している。

前方にはカストールが艦長の空母ヒリュウ、中央には総大将エクセルの乗る空母ソウリュウ、後方には空母ウンリュウと俺たちが乗っている戦艦アルベルトⅡを配している。

さらに艦隊から少し離れた後方には補給艦とトモエちゃん、イチハ、ユリガを乗せた戦艦などがあり、九頭龍王国の艦隊が護衛している。これは戦闘を想定していない部隊で、不測の事態が起こった際には即座に反転離脱するよう命じている。

「本日天気晴朗で、波も穏やか、か」

俺は朝日に輝く波を見ながらそう呟いた。

「ええ、とても穏やかな海です。……浮かない顔をされてますね？」

隣に立った白い海軍服のジュナさんにそう言われた。普段の服や歌姫の衣装を着たときも綺麗だけど、海軍服のジュナさんもやはり綺麗だ。俺は苦笑しながら頷いた。

「今回の出兵……他人の決断に引っ張られてる気がして、どうにも、ね」

「他人の決断、ですか？」

「自分自身が決意し、決断したものではないってことです」

今回の魔王領への出兵はフウガの決断に引き摺(ず)られた結果だった。

これまでの戦いは過程はどうあれ、自分自身で決断し、そのための準備をしてきた。

しかし今回は違う。決断したのはフウガだ。

マキャベッリは【運命(フォルトゥナ)】に対抗するには、人の【力量(ヴィルトゥ)】が重要だと言っていた。

このヴィルトゥだが、日本語は意味が細分化されすぎているため【力量】【意志】【熱意】と様々に訳される言葉だが、端的に言えば『自分で決意し、決断し、備える』ということだ。その力量で運命に対抗するというのは『運命は自分の手で切り開け、他人の力や偶然や幸・不幸をアテにするな』という意味だ。今回のようにフウガの決断に自分の命運を委ねるようなやり方は、マキャベッリの信条に反していた。

それにシアンが口にしていた「かえってこれなくなる」という不安要素もある。

「国王になってから、これほどまでに気が重いことはなかったかもしれません」

「心配なさいますな。陛下の御身は私がお守りします」

「うん。絶対に守ってみせる」

アイーシャとナデンが意気込むように言った。ジュナさんも微笑(ほほえ)んでいる。

本当に俺の嫁さんたちは逞(たくま)しいな。

三人に「ありがとう」と感謝を伝えて笑いかけた……そのときだった。

「陛下！　父上……いえ、カストール艦長より連絡！」

伝書クイで届いた報せを持ったカルラが慌ただしく駆け込んできた。

「『前方上空になにかいる。警戒されよ』とのこと」

「っ!?」

急いで進行方向に目を凝らして見る。しかし俺には何も見えなかった。

「あっ、見えました！」

この中で一番遠目が利くアイーシャが言った。……俺にはまだ見えない。

「水平線からわずかに見えています。あれは……空中に浮かんでいる？　しかもこれほどの距離があるのにあの大きさと言うことは……なかなかの大きさです！」

「陛下！」

すると今度はジュナさんが声を上げた。

「大母様のソウリュウから信号旗です。『これより全艦は臨戦態勢に入る。各空母は輪形陣を維持したまま横に展開せよ』とのこと」

早い話が、相手の出方次第ではすぐに戦闘に移れるように横に広がれってことか。

「アイーシャ。見えているヤツに動きはあるか？」

「空中に留まっているようです。動きはありません。あれは……甲冑を着た巨人？」

サミたちの調査報告にあったキノコと鎧の巨人と呼ばれる存在。

その鎧の巨人のほうが来てしまったか。

しかしいきなり奇襲を仕掛けてこないとなると、対話する余地はあるのだろうか？

相手に攻撃する意思があるかどうかを見極めながらの接敵になりそうだ。

（となると……エクセルと離れてるのもマズいか）

俺の政治的な判断と、エクセルたち戦場指揮官の判断。

そこにタイムラグが出るのは危険だ。

少しの時間考え込んだあとで、俺は決断した。

「俺はソウリュウに移る。ナデン、俺をエクセルのところに運んでくれ」

「ハッ!? あ、合点承知よ！」

「陛下っ」

ジュナさんが心配そうな顔をしたけど、俺は首を横に振った。

「俺とエクセルの判断にズレが出ると、全軍を混乱させる危険があります。直接顔を合わせて、軍事的・政治的判断を擂り合わせていくほうが確実です。行かせてください」

「っ……わかりました」

納得しかねているようではあるが、ジュナさんは頷いてくれた。

「すみません……ジュナさんにはアルベルトⅡの指揮をお願いします」

「承知しました。……どうかお気を付けて」

「ジュナさんも。アイーシャ、カルラ、二人は俺の護衛として一緒に来てくれ」

「「はっ」」

　俺は黒龍となったナデンに跳び乗ると、アイーシャとカルラを連れて（時間が惜しかったのでナデンが二人を手摑みで運ぶ）、ジュナさんに見送られながら空へと舞い上がった。ソウリュウへ向かう間に、俺の目でもなにかがいることは確認できたが、まだ米粒程度にしか見えないのでその姿をハッキリと見ることはできなかった。

　俺たちがソウリュウの甲板に降り立ち、ナデンが人の姿に戻るのにあわせて飛び降りると、すぐにエクセルが駆け寄ってきた。

「陛下。良いタイミングです。ちょうどお呼びしようと思っていました」

「エクセル、アレに動きは？」

　尋ねるとエクセルは首を横に振った。

「いまのところはなにも。全艦に動きがあるまで待機するよう厳命しています」

「助かる。アイーシャが言うには鎧を着た巨人とのことだが」

「ええ。カストールからも報告が来ています。……グラン・ケイオス帝国主導の人類連合軍を壊滅させたという、二体のうちの片割れが真っ先に出てくるとは……」

　いつもは余裕そうなエクセルも表情を曇らせていた。この女傑にそんな顔をさせるほど、いまの現状は余裕がないのだろう。すると、そのときだった。

『○△×□●!!』

「「「なっ!?」」」

　突如として、海上に大音声が鳴り響いた。

多分、なにかの声。なにかの言語。

それも雰囲気から言って、警告かなにかの言葉のようだった。

しかし、なにを言っているのか聞き取れない。……聞き取れない？

俺はこの世界に来て、言葉に不自由したことはない。

研究班であるジーニャとメルーラの話では、勇者召喚を行った『召喚の間』にある付与術式はすべて言語関係のものだったらしく、召喚された勇者が大陸共用語を聞き取れるようにするためのものなのだろうと言っていた。

その俺も聞き取ることができない言語だと？

「みんな、なにを言っているかわかるヤツはいるか？」

傍に居たアイーシャ、ナデン、カルラ、エクセルに聞くが、みんな揃って首を横に振っていた。誰も聞き取れない。俺も聞き取れない。

つまり大陸共用語でも、俺の知っている範囲の地球の言語でもないということだ。

いやまあ、まともに聞き取れるのは日本語と英語くらいだけど、他のメジャーな言語にも聞き覚えくらいはあるはずだ。それがない。

『○△×□●!!』

再度、同じ言葉が放たれた。一体、なにを言いたいんだ!?

困惑していると、一羽の伝書クイが飛んできて、アイーシャの腕に止まった。

アイーシャがすぐにそれが運んで来た文を確認すると……。

「陛下！　アルベルトⅡのジュナ殿からです。艦隊後方に控えているトモエ殿から至急の言伝があるとのこと！」

「トモエちゃんから？」

「はい！　急に聞こえてきたこの声についてです！」

っ!?　そうか、トモエちゃんの能力ならこの声が聞き取れるかも！

「トモエちゃんはなんて!?」

そう尋ねると、アイーシャは神妙な面持ちで言った。

「この声はこう言っているそうです。『これより先は北の試験体の領地。南の試験体がこれに干渉するならば、防衛行動に移る』……とのこと！」

……試験体？

北の試験体。南の試験体。

気になる単語は出てきたけど、相手が警告していることだけはたしかだ。

「エクセル！　全艦に停止を命令しろ！」

「……承知しましたわ」

俺の命令に従い、エクセルは即座に全艦停止の信号を出させた。

相手を迎え撃つ態勢を整えたまますべての艦が停止する。相手がどう出るかわからないのに動くわけには行かないという緊張感に包まれる中、それは徐々に近づいてきた。

そして自分の目でもハッキリとその姿を捉えることができたとき……。

（はあっ!?）

俺は目を見開きながら絶句することになった。

まず自分の目を疑って目を擦る。

次に暑さで幻を見たのかと思っておでこに手を当てる。

夢かと思って頬を抓ってみたら痛かった。

幻惑の魔法を掛けられたのかと思って、アイーシャ、ナデン、エクセルにいま見えているものの存在を尋ねれば、どうやら同じものを見ているらしい。

つまりいま見ているそれは、たしかにそこに存在していた。

「これが、話に聞いていた鎧の巨人……」

「本当に居たのね」

アイーシャとナデンが息を呑みながら言っていた。

いや、これは鎧の巨人とか……そんな生やさしいものじゃ……って、そうか。この世界の人の常識に照らし合わせてみれば、たしかに鎧の巨人に見えるだろう。

〝こういったもの〟のデザインには西洋式甲冑や日本式の鎧兜が参考にされているというのを聞いたことがある。

（なんで……こんなものが実在しているんだ……）

やがて俺たちを見下ろすような位置に滞空したそれを見上げながら、俺は思った。

俺は……そいつの名前を知っている。

カタログスペックどおりなら、体高凡そ二十メートル。

重さは六十トンくらいだったか。動力源は熱核エンジン。

背負った『アランザル・ゼールデ』という名のジェットパックで空中を飛び回る。

ジャンガル・スカイタイプ。

アニメ『重装機兵ジャンガル』に登場する主人公機の空戦特化型バージョン。

架空の世界にしか存在しないはずの、巨大人型兵器が俺たちの目の前に現れたのだ。

(たしかに、この世界と俺の居た世界は繋がってるっぽいけど、でも！)

俺の居た世界とこの世界の連続性についてはすでに確信を持っている。

だけどこれは、もはや答えだろう。あまりの事態に呆然としていると……。

『○△×□●!!』

ジャンガルがまたあの警告と思われる言葉を発した。

……言葉がわからないと交渉もなにもない。

「エクセル、飛竜騎兵をやって、すぐにトモエちゃんを連れてきてくれ。トモエちゃんが来るまでの間、絶対にこちらから動いてはならないと全艦に命じろ」

「承知しましたわ」

エクセルが各種手配のために慌ただしく去って行った。

甲板に残った俺たちは、中空のジャンガルとにらみ合いを続けることになった。

もしアレがハリボテではなく、本当にアニメどおりの性能を発揮できるのだとしたら……この島形空母をたった一機で沈めることも可能だろう。

ただし、ハルとルビィの竜騎士コンビや飛竜騎兵(ワイバーン)を全騎投入すれば、数の暴力で倒すことはできるかもしれない。これもカタログスペックどおりなら運用できる時間や各種武器の装弾数には限界があるからだ。

ゾンビ映画で、ゾンビの大軍がガチガチに武装した装甲車に挑んで蜂の巣にされたとしても、ひたすら囲んで襲い続ければ、やがては装甲車の方が力尽きるのと同じだ。

しかし、あれに挑んで消費されるのはゾンビではなく兵士たちだ。

国に帰れば家族がいるであろう血の通った人々。

それを消耗品のように使い潰すことなど、したくない。

「動きませんね……陛下はどう見ますか？」

大剣を構えたアイーシャに尋ねられて、俺は首を横に振った。

「わからない。でも、警告を発したからには、対話の余地があると信じたい」

「……そうですね」

いまは根比べの時間だ。せめてトモエちゃんが来るまでは大人しくしていてくれよ……

と、思っていたそのときだった。

「っ！　ソーマ！」

周囲を見回していたナデンが声を上げた。

「大変！　九頭龍(くずりゅう)諸島の船が動いてる！」

「なにっ!?」

しまった！　シャボンが厚意で護衛に付けてくれた九頭龍諸島王国の艦船が、この緊張状態に耐えられずに動き出していた。

九頭龍艦隊の指揮官であるキシュンはトモエちゃんたちの護衛を買って出てくれて、こちらに配属された艦船にはこちらの指揮下に入るよう命じてくれていた。

しかし、もともと血の気の多い海賊国家である九頭龍諸島の船乗りたちは、この緊張状態に耐えられずに打って出てしまったようだ。

次の瞬間、ジャンガルの頭部がそちらのほうを向いた。そして……。

先程とは違う言葉を発しながら、バックパックからライフル状の武器を取り出し、その銃口を近づいてくる艦船の方へと向けた。マズい！

『×□●○△×□』

「やめ『――――――!!』

俺の言葉は銃口から放たれた光の発射音にかき消された。

次の瞬間には光によって九頭龍艦隊の船は貫かれ、おそらく積んでいた火薬に引火したのか爆発四散した。その爆発があまりに大きかったのか、周囲の艦船の何隻かも巻き添えをくらう形で炎上している。

ビーム兵器。実際に目にしたそれは、レーザー光線のように発射されると同時に対象を貫いているようなものではなく、本当にアニメで見るようなぎりぎり目で追えるくらいの速度だった。なんでも貫き、焼き尽くす実弾兵器という感じだった。

その間にも二射目が放たれ、九頭龍諸島の船が炎上する。

「陛下！　ご指示を！」

駆け寄ってきたエクセルに言われて我に返る。

こんな状況でご指示をと言われても正解などわかるわけがないが、決断が遅れても被害が増える一方だ。とにかく行動を起こさなければ。

「くっ……空母ヒリュウ、ウンリュウ、ソウリュウにいる飛竜騎兵を全部出せ！　ただし攻撃よりも攪乱を優先する。その間に艦隊は後退させる！　九頭龍諸島の艦船にも伝えろ！　これを無視して戦闘を続けても我らは助けないとな！」

「撤退ということですか？」

「あいつの警告が本当なら、これは防衛行動だ。ヤツらの領域に近づかなければ深追いはしてこないはず。……そう信じよう」

「……了解しました」

エクセルは扇を掲げて合図を送ると、全艦にいまの命令を出した。

島形空母三隻からハルバートと赤竜ルビィをはじめ、飛竜騎兵隊がバラバラと飛び上がっていく。そして飛び立った飛竜騎兵たちは、さながら蚊柱のようにジャンガルの周りを飛び回った。その中には赤竜に乗ったハルたちの姿もあった。

――――――!!

ジャンガルが一番目立っていたであろうルビィに向かってビーム兵器を放った。

見ているこっちは冷や汗ものだったが、すでにその攻撃を見ていたハルたちはその銃口の向かう先から身体(からだ)を逸(そ)らし、上手(うま)く回避している。

普段魔法を見慣れている分、ビーム兵器を見ても（威力はともかく存在自体には）さほど驚いていないのかもしれない。

回避したハルはルビィに強力な火球を吐かせて、ジャンガルを攻撃する。

しかしジャンガルはそれを腕に装着したシールドで防いで無傷だった。

それを見た飛竜(ワイバーン)騎兵も次々に飛竜(ワイバーン)の火炎攻撃を加える。こちらもあまりダメージを与えられているようではないが、巻き起こる炎と煙とで相手の視界を塞いでいた。

「エクセル！　いまのうちに撤退を！」

そう命令したそのときだった。

ズダダダダダ！

ジャンガルの胸部から放たれたバルカン砲が、飛竜(ワイバーン)騎兵の一角を引き裂いた。

この世界の火薬の威力では火縄銃を作ったとしても貫けなかっただろう飛竜(ワイバーン)の外皮が、ジャンガルのバルカン砲には貫かれ、多くの飛竜(ワイバーン)騎兵がバラバラと海中に落ちていった。

そして次の瞬間、ジャンガルのバックパックが火を噴いたかと思うと、一瞬にして飛竜(ワイバーン)

騎兵の包囲を突破し、俺たちのいるソウリュウの甲板にまで一気に到達していた。

あまりに一瞬のできごとに、誰も身動きを取ることができなかった。


――――!!


ジャンガルはビーム兵器を甲板に向かって一発撃ちこんだ。

その瞬間、ソウリュウは大きく揺れて、爆発こそしなかったもののグラリと傾いた。

一撃で航行不能に陥ったことが否が応でもわかった。

（くっ……まずは逃走の足を止めたってことか）

するとジャンガルの胸部バルカン砲が〝俺のほう〟に向けられていた。

こいつ、的確にこちらの動きを止めたことといい、人が大勢出ている甲板の中でまず真っ先に俺に狙いを定めていることといい、誰がこの艦隊の最高指揮官か理解しているようだ。もしかしてトップを討ち取ることで事態の早期解決を図っているのだろうか？

命の危機に、いつもより働いていた思考でそう考えていたとき。

ヤツの胸からバルカン砲が放たれた。

（しまっ……）

目の前の地面に弾痕を作りながら、連射された銃弾が近づいてくる。

ドンッ！

その刹那、俺は誰かに突き飛ばされた。呆気にとられていると、さきほどまで俺の居た位置に立ったその人物が、銃弾に身体を貫かれる様が見えた。

彼女の髪と同じ赤い鎧が砕かれ、身体から鮮血が吹き出している。

「カルラ!!」

俺が名を叫ぶと同時に、彼女がドサッと甲板に倒れ伏した。

◇◇◇

シアン王子には少し不思議なところがあった。

『カルラ。ちょっとの間、子供たちのことを見ててくれる?』

『ああ。任せてくれ、リーシア』

シアン王子とカズハ姫は私の仕える主君の御子たちであり、エルフリーデン王家の正当な後継者であり、なにより我が友リーシアの子供たちだった。それこそ生まれたときから侍従として傍に居て見守ってきた、私にとっても大切な方々だった。

そんなお二人が二歳になり、言葉はまだおぼつかないもののトテテと自由に歩き回れるようになったころ、お二人を中庭に遊ばせていたときのことだ。

『ふぁ……うあああん!』

それまでカズハ姫と元気に遊んでいたというのに、シアン王子が急に泣き出したのだ。

そしてカズハ姫にヒシッと抱きつくと、その動きを止めようとした。

引っ込み思案気味なシアン王子にしては珍しい行動だった。しかしリーシアに似てお転婆なカズハ姫は「邪魔よ」とばかりにシアン王子を引き剝がし、駆けだした。

コロンと転がったシアン王子は虫のように身体を丸めながらシクシクと泣いていた。

『だ、大丈夫ですか。シアン様』

私が慌てて駆け寄ったそのときだった。駆けて行ったカズハ姫が中庭の噴水の縁によじ登り、その上を歩いて見せたのだ。そして……。

ドボンッ、とバランスを崩したのか水の中へと落ちたのだった。

『うわああ!!』

私はシアン王子を小脇に抱え上げると、慌ててカズハ姫を水の中から掬い上げた。

カズハ姫はしばしキョトンとしていたが、ようやく恐怖を実感したのか私の胸の中で大泣きしたのだった。そんなカズハ姫の泣き声を聞いて、シアン王子まで泣き出し、私はオロオロする羽目になったのだった。

それからも、同じようなことが続いた。

カズハ姫が危険なことをしてなんらかの痛い目にあうとき、それよりも前にシアン王子が泣き出し、カズハ姫を止めようとするのだ。大抵は止められずにカズハ姫は痛い目に遭うものの、何度も同じ光景を見ているうちに、私はこう思うようになった。

(シアン王子には、カズハ姫の危機がわかっている?)

そんな疑念を持った私は、二人の様子を注意深く観察した。

するとカズハ姫がケガをするとき、直前にシアン王子が泣き出すのだ。

逆にシアン王子が大泣きしたとき、カズハ姫を注意深く観察していたことで、姫様を危険から守ることができたことも何度かあった。

（もしかしてシアン王子は未来が見えているのだろうか？）

幼児のうちに魔法を発現させる者は珍しく、その人がなんの魔法を持っているか調べるのはもう少し大きくなってからというのがこの国の慣例だった。

しかし、すでにシアン王子が魔法を発現させていて、その魔法が未来予知、あるいは未来予測系の魔法なのだとしたら、これまでの不思議な行動も頷けるだろう。

そして、つい先日、シアン王子はソーマが魔王領へ行くのを止めようとした。

『かえってこれなくなる』

そう言ったのだ。これがもし、シアン王子の魔法による予言なのだとしたら、ご主人の命が危なくなるような場面が来るかもしれない。

だから私は今回の艦隊派遣への従軍を志願し、傍で見守っていたのだ。

ズダダダダ！

だから……鎧の巨人の攻撃から、ご主人を守ることができたのだ。

自分の身体の中央を貫く衝撃に苦しむよりも前に、意識をすべて持って行かれそうになる。しかし驚き焦った顔のご主人が見えて、なんとか守れたということに安堵する。

（貴方が暴君になったとき、殺すのが……私の……役目だか……）

だから、こんな場所で死なれては困るのだ。

そんなことを思いながら、私の意識は遠のいていった。

目の前で崩れ落ちるカルラの姿を見て、一瞬思考が真っ白になる。

いきなり耳が遠くなったかのように、喧噪に溢れている世界から音が消える。

傍に居るアイーシャやナデンがなにを言っているのかもわからず、カルラのそばに駆けよって抱きかかえる。

「てめえええ！」

『うがあああ！』

空から飛来したハルとルビィが、ジャンガルに向かって体当たりした。

そのときようやく世界に音が戻った。腕の中のカルラの胸からは血が絶えず流れだし、顔から生気がなくなっている。彼女に這い寄る死。それを実感する。

「陛下！」「ソーマ！」

しかし、思考の放棄をアイーシャとナデンの声が許さなかった。

いまここで思考を放棄すれば、アイーシャやナデン、他の多くのものにまで死が降り注ぐ。俺は自分の額をグーで殴り、カルラの身体を甲板に置いた。

そして言葉なく立ち尽くしていたエクセルのほうを見て言った。

「エクセル。カルラを頼む。そして全艦をこの場から退避させてくれ」

「っ！　承知しましたが、陛下はどうなされるのです？」

そう尋ねられて、上空でルビィと錐揉み（きりもみ）しているジャンガルを見上げた。

「アイツの狙いは俺だ。引き剝がす」

「引き剝がすって……」

「ナデン、手伝ってくれ」

俺がそう言うとナデンは我に返ったように頷いた。

「合点承知！」

「陛下！　私も、お供します！」

アイーシャがそう言って大剣を構えた。

俺一人だと飛来物すらまともに対処できないだろう……来てもらうよりないか。

「頼む。アイーシャ」

「お任せ下さい！」

「陛下っ！」

エクセルが静止しようとするが、俺は手でそれを制した。

「なにかあったときは、リーシアたちのことを頼む」

「……承知しました」

議論している暇などないことはわかっているであろうエクセルは頷いた。

アイツの狙いが俺なら、俺が死んだあとに撤退する艦隊を追撃はしないだろう。俺がいなくなっても、リーシアとロロアが残った者たちと手を取り合えば、王国は健在だろう。

そのためにも……いまはこれ以上の被害を出さないことが大事だった。

俺は黒龍の姿となったナデンにアイーシャと一緒に跳び乗ると、一気に空へと舞い上がった。すると案の定、ジャンガルも俺たちを追ってくる。

やはり艦隊のほうには目もくれていないようだ。

空中移動中は胸部にあるバルカン砲は姿勢の関係で使えないようで、ビーム兵器で打ち落とそうと狙いを定めてくる。

――――!!

「右です！」『合点！』

飛んでくる、殺意の籠もった光をアイーシャが銃口の向きから見切り、ナデンがその指示にあわせて身体をくねらせて回避する。

途中でアイーシャが空気の刃を放ったり、ナデンが電撃を加えたり、ハルとルビィや飛竜騎兵(ワイバーン)が火炎で攻撃するが、ジャンガルは一向に止まる気配がなかった。

途中で海上の艦隊の様子を見る。

動けなくなったソウリュウからの退艦や、艦船を撃沈され海上を漂っていた者たちの救助が進んでいるようだ。もっと時間を稼がないと……。

「陛下っ！」

アイーシャの声で我に返る。

ジャンガルが身体（からだ）を回転させ、バルカン砲を乱射した。

狙い澄まされた射撃では無かったが、無作為にばら撒（ま）かれた弾によって、ルビィや飛竜（ワイバーン）たちが被弾したようで高度を下げていく。

『ぐっ……』「ナデン!?」

そのうちの一発がナデンの後ろ足に命中した。

『大丈夫……掠（かす）っただけ』

ナデンはそういうが、痛みで上手（うま）くバランスが取れていないようだ。

宙に浮いていることが精一杯という状況になった俺たちに、ジャンガルのビーム兵器の銃口が向けられる。ヤバい。そう思った刹那、アミドニア公国との戦いで、ガイウスに迫られたときの感覚を思い出す。死を覚悟した、その瞬間のことを。

——次の瞬間、俺の目には光の奔流しか見えなくなった。

しかし、俺たちは無事だった。

ジャンガルが放とうとしたビーム兵器とは〝比べものにならないほど巨大な光〟がジャンガルにぶち当たり、大きく弾(はじ)き飛ばされたのだ。弾き飛ばされたジャンガルは、一目で大ダメージを負ったことがわかるくらい、表面が焦げ、電流火花が飛んでいた。

俺たちが、光が飛んできた方を振り返ると、そこには……。

――山のように巨大で、羊のような角が生えた白竜がいた。

『ティアマト……様？』

ナデンがそう呟(つぶや)いた。

そこにあったのはあの日、星竜連峰で見た聖母竜(マザードラゴン)ティアマトの荘厳な姿だった。

星竜連峰に住まうドラゴンたちすべての母。

聖母竜(マザードラゴン)信仰の生ける神。

そのティアマトが空に向かって、あの鯨の鳴き声のような咆吼(ほうこう)を放った。

そして不意にたちこめだした雲に向かって口を開く。

『待ち焦がれた懐かし人を殺(あや)める気なのですか。アナタは』

すると、その雲の合間から、あの日見た黒く巨大な立方体がゆっくりと降りてきた。

# 第九章　魔王の正体

　一方、フウガ軍陣営では、いままさにフウガ軍と巨大なキノコ状の物体との熾烈な戦いが行われていた。巨大にして堅牢、そして圧倒的な火力を有し、大地を震わせて前進するという規格外の存在に対して、フウガ軍は足で包囲しながら攻撃を加え続けている。

「見たところ、アレは一つの生物というよりは『動く城』のようなものです」

　冷静に相手の動きを見ていたハシムがフウガに進言した。

「ソーマ王からの調査報告書にあったとおり、あれは魔族側の兵器と考えられます。だからこそ、この戦いは魔物の討伐でも合戦でもなく、攻城戦と認識すべきかと」

「なるほどな。ならば足で翻弄しつつ、火力をぶつける」

　フウガはドゥルガの背に乗り、斬岩刀を構えながら全軍に命じた。

「騎兵や歩兵は周囲に展開し、ヤツに狙いを定める時間を与えるな！　山城を攻めるときのように隙あらば取り付き、上ってしまえ！　魔導士や遠距離部隊は離れた位置から一点に攻撃を集中させよ！　一発の火力がデカい空軍とカノン・ライノサウルスの部隊はとにかく攻撃を叩き込め！」

　フウガによる矢継ぎ早の命令が飛び、全将兵が動き出す。

　旧グラン・ケイオス帝国軍の将兵から技術を吸収して編成した、カノン砲を装備したライノサウルスが進み出て巨大キノコ型兵器に砲撃を加える。

撃ち出す弾は炸裂しない質量エネルギーだが、何発も打ち込めばキノコ型兵器の表面を凹ませ、傷つけることができていた。

その光景を地上で見ていたフウガ軍一の伊達男である【虎の旗】ガテン・バールは、弓兵隊を指揮していた【虎の弩】カセン・シュリに馬を寄せて言った。

「カセンくん。我々の鞭や弓ではヤツに有効な攻撃は与えられないでしょう。我々にできるのはヤツの注意を惹きつけることくらいだろうね」

「攪乱ですね！　承知しました！　弓騎兵隊、私に続け！」

カセンとガテンは弓騎兵隊を率いて走り回り、無駄とはわかりつつもキノコ型兵器に矢を打ち込んだ。キノコ型兵器はあの光線を打った後は、身体の側面に付いている三つの大砲のようなものを回転させて、爆発する群がる将兵たちを吹き飛ばしている。その爆発がカノン・ライノサウルスを狙わないように、注意を惹きつけようというのだ。

一方で、戦闘狂である【虎の戦斧】ナタ・チマは焦れていた。

「くそっ！　どっから登りゃあ、俺の大斧を叩き込めるんだ……うおっ」

そうぼやいていたナタの身体がスッと地面から離れた。

見上げると、空軍を指揮する【虎の翼】クレーエ・ラヴァルが、自身の駆るグリフォンにナタの襟首を咥えさせていた。

「ってめ、クレーエ！　なにしやがる！」

「ナタ殿は暴れたいようでしたから良い場所にお連れしようかと思いまして」

クレーエはそう言うと、グリフォンを操りキノコ型兵器の表面をなぞるように跳び上がると、そのてっぺんにナタを降ろした。そこはさながら砂丘の上でもあるかのように、わずかな流線形を描いている以外はなにもない空間だった。

「ここなら存分に斧を振るえるでしょう」

「お、おう。気が利くじゃねぇか」

「それではご武運を祈りますよ」

そう言い残すとクレーエは去って行った。見れば同じように、グリフォン部隊によってフウガ軍の力自慢たちが次々とキノコ型兵器のてっぺんに降ろされているのが見えた。

ナタはニヤリと笑うと腕の筋肉に力を込め、大斧を振り上げた。

「おっしゃあ！　やってやらあ！」

そんな気合いと共に大斧を振り下ろした。

こうしてそれぞれの戦い方でキノコ型兵器に挑んでいたフウガ軍だったが、兵器の攻撃によって兵士の被害はどんどんと増えていった。

「でりゃああ！」

ビッシャ―――――ツン!!

ドゥルガに乗って飛び回り、ライノサウルスの巨体すら一撃で打ち抜く雷を帯びた一撃を加えて、敵の大砲の一門を破壊したフウガだったが焦りと疲労が見えてきた。

善戦はしているものの被害は無視できないものになっている。

まだ遭遇した相手はこのキノコ兵器のみで、魔族の姿は見ていない。

戦力を消耗しすぎれば継戦が不可能になる。別働隊を率いているシュウキンやロンバルトの軍と合流すれば立て直しもできるだろうが、魔王領の最奥地でソーマの軍と合流するときに優位を保てる状態は維持しておきたかった。

艦隊を率いているソーマが持って行ける上陸用の兵の数には制限があるため、その点では優位をとれるとフウガたちは思っていたのだが……。

(ソーマのほうにも似たようなのが行ってくれているといいんだがな……)

そんなことを思っていたそのときだった。

ボンッ！　と、突如どこからともなく飛来した巨大な火球がキノコ型兵器にぶつかって弾けた。なにが起こったのかとフウガが振り返ると、巨大な竜(ドラゴン)が何頭も宙に浮かんでいるのが見えた。その背には騎士の出(い)で立(た)ちをした者たちが乗っている。

フウガは眉根を寄せた。

「竜騎士……ノートゥンのヤツらか！」

ノートゥン竜騎士王国の竜騎士たち。専守防衛の国であり、他国の戦には基本的に不干渉だったヤツらがなぜ……とフウガが訝(いぶか)しんでいると、白竜パイを駆ったシィル・ムント女王がフウガとドゥルガのもとに寄ってきた。

「フウガ殿。星竜連峰からの要請により、我らはこれよりアレの無力化に協力する」

そう宣言したシィルをフウガが睨んだ。

「どういうつもりだ？　これまで魔王領には無関心だったくせに」

「言っただろう。我が国の盟友である聖母竜ティアマト殿からの要請だ。ただしあのデカブツを沈黙させるまでだ。アレの破壊が完了次第、我々は撤退する」

シィルの口ぶりからしても、本来ならラスタニア王国を滅ぼし、竜騎士を殺したフウガたちに協力するのは業腹な様子だった。それでも星竜連峰の要請には応じなければならないから、仕方なく味方するのだと。

それならそれで構わない、とフウガは思った。この場の助力は得られて、それでいて魔王領攻略自体には深く関わらないというのならフウガたちにとっても都合が良い。

「……そうかい。まあ好きにしな」

「うむ。そうさせてもらう」

シィルは竜騎士たちのもとへ戻ると槍を高く掲げた。

「総員、掛かれ！」

短くそう命じると、竜騎士たちはキノコ型兵器に向かって攻撃を加える。

竜の吐く炎の一撃はキノコ型兵器の表面を溶解させ、焦げ跡を作っている。

そこに空軍の投下した火薬樽やカノン・ライノサウルスの砲弾がぶつかり、目視でも確認できるようなダメージを与えていた。

一部では内部が露出し、電流火花が飛んでいる箇所もある。

そんな好転する戦況を眺めながらシィルは内心でホッとしていた。

（良かった……どうにかなりそうだ）

星竜連峰からフウガ軍を援護し、現れるだろう巨大な兵器と戦うよう要請が来たときには驚いたが、竜騎士の盟を結んでいる竜騎士王国に断れるはずもない。不安に思いながらもこうして出兵してきたわけだが、どうにかなりそうで安堵したのだ。

「今回の件、我が国の歴史の中でも異例のことだった。ティアマト殿から直接竜騎士を国外に派遣するよう要請が来るなど前代未聞だ」

『そうですね。よほど焦っていたように思います』

シィルの独り言に伴侶でもある愛竜パイが答えた。

『目的はおそらく、ソーマさんやナデンがいるほうでしょう。そちらに自ら出向くために、こちらにはボクたちを派遣して、一勢力に対して肩入れしたのではないという状況を作りたかったのかも』

「ふむ……なんとも迂遠なやり方だな」

『制約の多い御方ですから仕方ありません。でも、そうまでしてでも動かなければならなかったということは……』

「それだけ、この戦が重要と言うことか」

シィルは槍を握っていた手に力を込めた。

「ならば、盟友のためにも奮起せねばなるまい。いくぞ、パイ！」

『はい！』

白銀の竜騎士はキノコ型の魔物に向かって突貫し、戦闘に加わったのだった。

――しばらくして大虎帝国と竜騎士王国の連合軍は、巨大キノコ型兵器の沈黙に成功したのだった。

――同時刻。

雲間から現れ、俺たちの前に降りてきた黒い立方体。

しかしジャンガルの動きは止まることなく、尚も俺たちに向かってビーム兵器を放とうとする。するとその瞬間、黒い立方体が一瞬にしてジャンガルの前に転移し、立ちはだかった。放たれたビームが黒い立方体に直撃すると、立方体はグラついた。

（!?　俺たちを庇った!?）

驚いていると、星竜連峰でも聴いたあの声が聞こえてきた。

『懐カシ人……ソーマ・カズヤ……オ待チシテマシタ』

大きい上に聞き取りづらい音声だったが、あのときよりは内容が聞き取れている。

するとと黒い立方体は体表面に雲を呼び寄せ、そこから雨と雷の交ざった竜巻のようなものを発生させ、ジャンガルに叩き付けた。ジャンガルは大きく弾き飛ばされ、糸が何本か切れたマリオネットのように身体をカクカクとさせていた。

『止マリナサイ。ガーディアン01。アナタガウチハラウベキ相手デハナイ』

そんな立方体の声が聞こえた。すると……。

『ソーマ・カズヤ。ガーディアン01ノ制御プロトコルヲ実行シマス』

「えっ？」

『制御権ノ委譲許可ヲ、私ニクダサイ』

黒い立方体はそんなことを言いだした。

制御プロトコル？　制御権の委譲？　なに？

困惑していると、立方体が少し焦った様子で言った。

『アナタノ音声ガ必要ナノデス。オ願イシマス』

お願いしますって言われても……。俺はティアマト殿のほうを振り返った。

するとティアマト殿は静かにコクリと頷いていた。………。

「制御権の委譲？　を、許可する！」

『委譲確認。ガーディアン01ニ対シテ制御プロトコルヲ実行シマス』

すると、カクカク動いていたジャンガルが急に大人しくなった。背中のバーニアを噴かせて滞空はしているものの、手はだらりと下げて武器を構えることもない。

急に静まりかえった空の上で、立方体から音声が流れてきた。

『ガーディアン01ヲ私ノ制御下ニ置キマシタ。自動防衛機能ハ停止シテイマス』

『なに？　一体どうなっているの？』

「私たちにはなにがなんだか……」

ナデンとアイーシャが困惑の声を上げていた。

わけがわからないまま、俺は宙に浮かんだ立方体を見上げた。

「お前は一体……」

『オ待チシテマシタ。懐カシ人、旧キ民、ソーマ・カズヤ』

すると立方体は俺たちのほうへとゆっくりと寄ってきた。

『ドウカ……我ガ子ラノタメ、マオノモトヘトオコシ願イタク。コレハ我ガ子ラ、北ノ試験体ノミナラズ、ティアマトノ子ラ、南ノ試験体ノ命運ニモ関ワルコトデス』

我が子ら？　試験体？　相変わらずわからないことばかりだ。

だけどいまは、その説明よりも大事なことがある。

「ティアマト殿！　これでもう、あのジャンガルは動かないんですね!?」

俺がそう尋ねると、ティアマト殿は頷いた。

『ええ。あの人型兵器はアレの制御下に置かれています。再び彼女が命じないかぎり、こちらに攻撃を仕掛けてくることはないでしょう』

「それなら良い。早く海上のものたちを救助しないと」

俺は海上を観(み)た。ビーム兵器の直撃を受けた島形空母ソウリュウは傾いている。

それに、ここからでは見えないが、あの甲板の上には俺を庇って被弾したカルラが倒れているはずだ。あの血の量から考えても、内臓をズタズタにされていることだろう。

あれでは光系統魔導士による治療も……。

「くそっ！」（ガンッ）

「陛下っ!?」『ソーマ!?』

握った拳を自分の額に叩(たた)き付ける俺を見て、アイーシャとナデンが驚いていた。

それに構わずもう二度ほど額を叩く。俺の所為(せい)だ。俺が、他人に決断を委ねてしまったばかりに、このような遭遇戦にみんなを巻き込んでしまった。カルラを、多くのフリードニア王国と九頭龍(くずりゅう)王国の将兵たちを死傷させてしまった。

（わかっていたはずだろ、俺よ！　決断を他人に委ねてはならないと。『運命の女神(フォルトゥナ)』のもたらす不幸を飼い慣らすには、自身の『力量(ヴィルトウ)』が必要だって、何度も自分に言い聞かせてきたじゃないか！　それなのに、俺はいまフウガと対立することを怖(おそ)れて、フウガの力量に決断を委ねてしまった！　その結果がこれだ！）

「おやめください、陛下！」

もう一度自分を殴ろうとする手をアイーシャに止められた。

「そんなことをしても、なにも変わりません！」

『そうよ！　それよりも早く下の混乱を鎮めに行かないと』

「……ぐっ」

二人に言われて多少頭が冷えた。まだ艦隊は混乱中だ。

後悔している暇なんて俺には無かった。すると……。

『言語適応。調整。テスト。テスト』

立方体がまたなにやら話しだした。

『適応完了。こちらの言葉がわかりますか』

先程よりも格段に聞き取りやすくなった声でそう言った。

「聞こえるけど、あとにしてもらえないか！」

『戦闘による死傷者が出たことは確認しています』

焦る俺とは対照的に、立方体は冷静な声で告げた。

『肉体が消し飛んだような方までは蘇生させることはできませんが、重体・重傷者の治療を行うことは可能です。光系統魔法で治せない重篤な者でも、こちらの医療溶液でなら修復できるやもしれません』

「なんだって!?」

修復って……治せるってことか？　カルラたちを？

『ティアマト。貴女の力で対象者を私のもとへ転移させなさい』

立方体の言葉の真意を吟味する間もなく、ティアマト殿は頷いた。

『わかりました。すべての傷ついたものを〝彼女〟のもとへ』

こちらの返事も待たず、ティアマト殿はそう念話で呟くと空に向かって吼えた。

柔らかな声がじんわりと空に広がっていく。

呆気にとられた俺たちに、ティアマト殿は厳かな声で告げた。

『ここに居る重傷者と、陸地に居る重傷者を転送しました』

転送……そういえば、ティアマト殿は俺を一瞬にして星竜連峰まで転送させたことがあったっけ。本当に規格外の存在だ。

それに陸地って、もしかしてフウガのところか？

アイツのところでも似たような兵器の襲撃を受けていたのだろうか？

この場では知りようもないけど、とにかく下の様子が気になった。

「ナデン。ソウリュウの甲板に」

『合点承知！』

ナデンが急降下する。

ソウリュウに近づくと、赤竜ルビィが傾きつつある船体を支え、多くの戦艦が反対側からソウリュウに渡した縄を引っ張ることで、船員たちの脱出を助けていた。

おそらくジャンガルが停止したのを見て、エクセルが戦闘から救助活動に切り替えるよう指示を出したのだろう。

甲板にそのエクセルの姿を確認すると、俺たちはその前に降り立った。

「エクセル！　カルラは!?」

　ナデンが人の姿に変わる途中で飛び降りながら、俺は呆然とした様子のエクセルに尋ねた。エクセルは俺の姿を見ると、我に返ったように手を前に組んだ。

「陛下!?　カルラは……心臓が止まっていたのですが、一瞬にして消えてしまい……。他にも負傷兵が突如として消えたという報告が相次いでおります」

　困惑した様子でそう報告してきた。

　やはり……カルラは瀕死の状態だったのか。俺は唇を噛み締めたが、すぐに気持ちを切り替えるように頭を振った。後悔はあとだとさっき決めたじゃないか。

　俺はエクセルに言った。

「消失した者たちは聖母竜ティアマト殿の力で転送された。どうやら治療できる場所に送られたらしい」

「治療……っ!?　カルラは助かるのですか!?」

　エクセルが大きく目を見開いた。俺は静かに首を横に振った。

「わからない。ただ、いまは助かると信じるしかない」

「そう、ですか」

「エクセル。とにかくいまは兵たちの混乱を鎮めよう。ジャンガルはもう攻撃してこない。ソウリュウからの脱出と投げ出された者たちの救助を優先してくれ」

「……そうですね。了解しました」

　一度頷いたエクセルだったが、すぐに躊躇うような顔をした。

「あの、カルラのことをカストールには？」

「……すまないが、治療中とだけ伝えてくれ」

もしカルラに万が一のことがあれば恨まれるかもしれない。それはカルラに限った話ではなく、俺の決断で行われた戦闘行為による戦死者の遺族全員に言えることだ。

国王である以上、そういった恨みを背負っていかなければならない。ただ、助かるかもわからないいま、カストールにありのままを伝えて一喜一憂させるのも酷だろう。

するとそんなことを話している俺たちの後ろから声が掛かった。

「お話し中のところを失礼します」

「っ!?　誰なの!?」

エクセルが険しい顔をして言ったので振り返ると、そこには白いローブに身を包んだ老齢の女性が立っていた。だいぶ歳を重ねているように見えるのに背筋は真っ直ぐに伸びていて、どこか厳かな雰囲気を持つその女性。見覚えがある気がする。

するとアイーシャが大剣を構えて、エクセルが魔法を使うときのように扇子を掲げる。

そんな中でナデンだけはその女性に対して膝を突き、頭を下げていた。

そんなナデンの様子を見て、俺はようやく思い出した。

「アイーシャ！　エクセル！　控えろ！」

「えっ、陛下？」

「この方はティアマト殿だ！」

星竜連峰で会ったことがある、ティアマト殿の人間体だった。

アイーシャとエクセルはそれを聴くや慌てて武器を手放し、その場に平伏した。

聖母竜信仰の対象であり現人神だからな。この世界の人々にとっては仏陀やキリストを前にしたような感じなのだからその反応も当然だろう。そのティアマト殿はなぜか俺を『懐かし人』と呼んでさらに上に置こうとするから……深く考えると怖くなる。

そんなティアマト殿は俺に向かって手を差し出してきた。

「これより貴方を、彼女の元へお連れします」

急にそう言われて、俺は慌てた。

「いや、ちょっと待って下さい。彼女ってあの立方体ですか？　アレって女性なの？」

「前者の問いには肯定します。後者の問いには否定します。アレには性別などはありませんが、便宜上、彼女と呼称しているだけのことです」

性別がない？　雌雄同体とか、いやあの見た目どおりの機械だからか？

いや、いまはそんなことよりもだ。

「いまこの場を離れるわけには……沈みそうなこの艦から船員を脱出させないと」

「それでしたら、この空母ごと海岸に転送しましょう。そのほうが救助も容易でしょう」

「えっ、そんなこともできるのですか？」

「ええ。いくつかの艦ならば。彼女のためにも、早く貴方を送ってあげたいのです」

ティアマト殿は空高くに浮かんだままの立方体を見上げながら言った。

その言葉の節々から感じられるのは、あの立方体への憐憫にも似た気持ち。まるで俺たちが魔王領に向かう際に見送ってくれたときのリーシアみたいな目をしていた。

よほど俺を魔王とやらのところに行かせたいらしい。

少し考えをまとめてから、俺は口を開いた。

「それでしたら、この空母ソウリュウとジュナさんの居る戦艦アルベルトⅡ、それと後方の艦隊にいるトモエちゃん、イチハ、ユリガの居る戦艦の三隻を転送できますか？」

「可能です」

ティアマト殿の返答に頷くと、俺はエクセルに言った。

「退艦作業は一旦停止させてくれ。エクセルはカストールの居る空母ヒリュウに移って全艦の指揮を執ってくれ。投げ出された者たちの救助後、全艦を率いて予定航路のまま魔王領の最北端まで来てほしい。ティアマト殿、もうジャンガルみたいな機械兵器に迎撃されませんよね？」

ティアマト殿に視線を送ると、彼女はコクリと頷いた。エクセルも頷く。

「承知しましたわ、陛下」

「頼む。それとナデン」

「えっ？　私？」

「すぐにハルとルビィを呼んで来てくれ。空母を支える作業はもう良いから、俺たちの護衛としてついてくるように言ってくれ。説明するのが面倒くさそうなら、とにかくすぐに空母の中に入れってだけ命令してくれればいい」

「が、合点承知！」

　エクセルとナデンが揃って動き出す。しばらくしてすべての艦に連絡が行き、準備が整ったところで、俺はティアマト殿。ティアマト殿に言った。

「それじゃあティアマト殿。お願いします」

「わかりました」

　ティアマト殿は老婆の姿から山のように巨大な白竜へと一瞬にして変化すると、そらに向かって鯨の歌のような鳴き声を轟かせた。

　すると視界がぐにゃりと曲がるような感覚と共に、一瞬にして世界が変化した。

　さきほどまで周囲には水平線しか見えていなかったのに、いま俺たちの前には砂漠と一体化している砂浜が見える。

　そしてそんな砂の大地のさきに見える景色を見て……。

「「「えっ……」」」

　俺たちはそろって言葉を失ったのだった。

　砂の果てに都市が見える。あれが魔族がいる都市なのだろうか？

　いや、驚いたのはそこではない。陸地に打ち上がった空母はかなりの高さがあるため、その都市の城壁の形がよく見えるのだ。そのため、あることに気付くことになる。

（あれは……パルナムと同じ……）

その砂漠にある都市は王都パルナムと同じ円形に城壁が作られていたのだ。

「パルナム!?　いや、違う都市か?」

「でも、王都にそっくりね……」

合流したハルとルビィが砂漠の都市の城壁を見てそんな感想を漏らした。

ハルとルビィだけでなく、すでにべつの艦に乗っていたジュナさんやトモエちゃん、イチハ、ユリガも、空母ソウリュウに残っていた飛竜騎兵（ワイバーン）に頼んで連れてきてもらった。

王都パルナムに似た城壁に驚いていたけど、俺には思い当たることがあった。

ジーニャたち研究班が言っていた王都パルナムは都市そのものが超科学（オーバー・サイエンス）の遺物であり、巨大な転送装置なのではないかという話だ。

仮に俺の居た世界からなにかを持ってくるためのものだったとして、それが一つだけというのは効率が悪いだろう。似たような都市を築いていたとしてもおかしくなく、その一つを魔族側が使っているということなのだろう。

「そして、アレが魔族の軍勢ってわけか?　ソーマ」

「……そうみたいだな」

ソウリュウから見下ろす先に、一万ほどの装備を固めた軍勢の姿があった。

意外だったのは、魔族はジャンガルのような人型兵器を操っているのだから、装備も銃火器ないしはSF的な光線銃や光の剣のような未来兵器で固めていると思った。

しかし彼らの装備は剣や槍（やり）に鎧甲冑（よろいかっちゅう）、弓矢、魔導士なら杖（つえ）とこちらの装備と大差がないように見えた。むしろカノン砲などが見られないことから、彼らの技術レベルのほうが低く見えるくらいだ。ジャンガルのような超兵器を抱えているにもかかわらず、一個人の装備は中世以前のレベル。そのアンバランスさが気になった。

「重装備が多いですね。付与術式が発達していないのでしょうか？」

敵陣を観察していたジュナさんが言った。

付与術式は武器や装備の能力を底上げするもので、だからこそこの世界では士官服でも鎧兜と切り結べる耐久力を有している。

我が軍では速攻を得意とするリーシアタイプなら士官服（＋局所的な装備）、ガチガチの防御力とパワーを用いるカルラタイプは甲冑を好む傾向にある。

しかし、相手側が重装備で固めているとなると、衣服に防御力を付与することができないのかもしれない。やはり技術レベルでこちらに劣っているように見える。

「油断はできませんよ。こっちの兵数は少ないんですから」

一応、釘を刺すとジュナさんは「もちろんです」と頷いた。

俺たちの側で戦力になるのは数千程度だろう。

いまはジュナさん主導のもと打ち上がったソウリュウを砦、一緒に転移させた戦艦二隻を砲台とし、海兵隊が守備に就く形で仮の陣地を設置している。

あの数と装備の質ならば、攻められてもはじき返せそうだ。もっともそれはあの機動兵器ジャンガルが参戦しなければの話だがな。

ジャンガルはいま、魔族たちの背後に巨大な像のようにそびえ立っている。

「アイーシャ。魔族側の種族は確認できるか？」

「額に角があるのはオーガでしょうか。ただ共和国で見たような異形なものではなく、額に角のある人間族という感じです。鎧甲冑を着けたリザードマンもいますが、こちらは四肢に鱗（うろこ）が付き、尻尾の生えた人間族という感じです」

目の上に手のひらを当てながらアイーシャは言った。

「あとは蝙蝠（こうもり）の羽の生えた者……バンパイヤやバンピールと呼ばれる魔物に似た種族もいます。それにオークやコボルト。これは想像どおりのイメージをしています。どちらも鎧（よろい）を着ていますが」

「コボルトさん……」

トモエちゃんが反応した。

彼女たち妖狼族（ようろうぞく）を助けたコボルトたちと同族なのだろうか？

しかし、見た目の報告を聞くかぎり、魔族と呼ばれる者たちは魔物たちのような異形の姿はしていないらしい。魔物と呼ばれる存在を人間に近づけたような姿。

ジーニャの『生物ダンジョン起源説』、そこからさらに推測した『魔物は不具合を起こしているダンジョンの失敗作説』を補強できる気がした。すると……。

「……ん？」

相手の陣地を見ていたアイーシャが眉根を寄せた。

「どうした？」

「魔族の軍の中に人間族と思われる者たちが交ざっています」

「なんだって!?」

俺も魔族たちのほうを見たけど、俺には米粒程度にしか見えない。

遠眼鏡を用意しておくべきだったな。

「魔族の中には人間族もいるってことか？」

「いえ、それにしては数が少ないような……獣人族もそうですが、人間族は長命種族に比べて数が多くなる傾向にあるので、あれほどの数しかいないのは違和感があります」

するとアイーシャは胸の下で腕を組みながら唸った。

「それに彼らの表情も気になります」

「表情？」

「ええ。多くの者は怯えた表情をしています。さながらこれから大軍が攻めてくるぞと聞かされた、小城の守備兵のような顔です。それでもいざとなれば戦わなければと無理に勇気を振り絞ってるような」

「……まあ、相手方にとっては俺たちは侵略者に見えるんだろうけどな」

やはり実際の魔族は世間に流布されていたイメージとはだいぶ違うようだ。

戦闘を楽しみ、村や町から略奪を行い、すべてを焼き尽くすような蛮族のようなイメージを持たれているが、人類側と大差ないのかもしれない。やったからやりかえされ、やられたからやりかえし、歯止めが利かなくなったのがかつての戦争なのだろう。

だとすると、この一触即発の状態もなんとかしたいものだ。

俺は振り返ると、人の姿で立っているティアマト殿を見た。

「俺たちは、いつまでこうしていれば良いのです？」

「すぐに〝彼女〟から連絡が来るでしょう。……ほら」

すると上空のほうからスルスルとあの黒い立方体が降りてきた。すると魔族側の陣地がざわめき始めた。なにかを叫んだり、鼓舞するような歌を歌ったりしている。

彼らが発する言葉の中に「マオー」という単語が交じっているのに気付いた。

「『マオー様だ』『マオー様が来た』『我らがディー……なんとか』と言っています」

「アンタ、本当に魔族の言葉がわかるのね」

狼耳をピクピクさせながらトモエちゃんが言うと、ユリガが感心したように言った。

トモエちゃんの翻訳能力は上手く働いているらしい。

一方、召還時にこの世界の言葉（大陸共用語）が聞き取れるようになっているはずの俺には聞き取れなかった。立方体の言葉は理解できるのに魔族の言葉は聞き取れない。

ここにもまたアンバランスさがあった。

すると地面に降りた黒い立方体の上部から、陽炎のような揺らぎが立ち上った。

「これは……宝珠の放送に似てますね」

ジュナさんが呟いた。たしかに噴水広場の受信装置やエクセルの水の魔法で、放送を投映するときに似ている。だとすると……なにが映し出されるのだろうか。

　そう思って見守っていると、やがて映像に映し出されたのは……。

「えっ……」

　俺は思わず息を呑んだ。映し出されたのはたった一人の少女の姿。

　しかし、あれは……〝一人〟と数えていいのだろうか？

　俺たちと魔族側を合わせれば一万を超える兵たちが集まっているこの場所に、あまりにも不釣り合いな存在に、俺は頭が真っ白になった。目の前の光景が現実とは思えないというのはこれまで何度もあったけど、今回のは群を抜いている。

　一方で、他の者たちの反応は違っていた。

「人？　女の子？」

「可愛らしい女の子ですけど、人形ではないのですか？」

「人形と言うよりは絵じゃない？　いやまあ、絵というのも変だけど」

　アイーシャ、ジュナさん、ナデンが口々にそう言った。

「あれが魔王なの？　なんか印象が違くない？」

「でも、魔族の人たちは口々に『マオー様』だって言ってるよ？」

「特徴的には可愛らしい女の子ですけど、人間ではないですよね……どちらかと言えばマネキンでしょうか」

　ユリガ、トモエちゃん、イチハもそんなことを言っている。

ああ、そうか！　みんなはコレを知らないから、まず生き物なのかどうかさえわからないのか。たしかになんの前知識も無ければ、アレは動く絵であり、動く人形……それもフィギュアとかマネキンに見えてしまうのだろう。

あれが魔王ディバルロイの正体？

マオー……ディバルロイ……っ!!

「あああああ!!」

「うわっ!?」

急に出した大声にナデンがビクッとしていた。そんなみんなの怪訝な表情など気にも留めず、俺は大きく身を乗り出すようにしてその姿を見つけた。

（どうりで聞き覚えがあったはずだ！）

それは打ち込んだ文字を読み上げるだけのソフトだった。

しかし、その文章読み上げソフトにカワイイ女の子のイラストを付けて、擬人化した結果、多くの人々に愛されることになった。

バーチャル世界の存在でしか無かった彼女は、やがては現実世界でコンサートさえ行えるような電脳アイドルとまで呼ばれる存在になっていった。

——電脳の歌姫。

そして多くの種類が生み出されたDIVA（ディーバ）ロイド。

その中でも、とくに人気を博したのは、緑色の髪に尖（とが）った猫耳、コウモリの羽、矢印のような尻尾を生やした女の子だった。その名前は……。

「電脳の歌姫（DIVAロイド）『MAO（マオ）』」

俺の居た世界の、それもバーチャル世界の音声読み上げソフトが魔王ディバルロイの正体だって言うのか？　頭の中が混乱している中、3Dの映像風のマオがこちらに向かって手を差し出すような仕草をして見せた。

『お待ちしておりました。ソーマ・カズヤ様』

俺にもわかる声でそう言ったのだった。

『私は、このときを待ちわびておりました。北の試験体を任されてから幾星霜（いくせいそう）。自分の役割さえもまっとうできなくなるほどの長い時間を。ですが今日ついに懐かしき待ち人が来られました。どうか私の本体のもとにお越しくださいませ。一刻も早く「彼（か）の扉」を閉じるために』

魔王ディバルロイことDIVAロイド『MAO』（以降『マオ』と呼称）の登場により、一先（ひとま）ずは目の前の魔族軍との戦闘突入は回避された。

俺はアイーシャ、ジュナさん、ナデンの嫁さんたちと、ハルとルビィの竜騎士コンビ、

それにトモエちゃん、イチハ、ユリガを連れて空母ソウリュウを降りた。

　そして魔族軍の陣地との中間あたりまえで進むと、向こうも黒い立方体（マオ）に加えて何名かの人員を出してきた。あの犬の顔を持った大柄の男性はコボルトだろうか。それとバンピールが鎧着たような女性もいるし、重装鎧のリザードマンもいる。

　その後ろにはジルコマやコマインに似た褐色肌の人間族も居た。

「随分と多種多様だな……」

「こちら側もそんなに変わりませんけどね」

　ジュナさんにそう言われて、それもそうかと納得した。

　こっちも人間族に獣人族、竜族、ダークエルフ、天人族と多種多様だからな。

　まさに種族のごった煮状態となった中で、俺たちは向かい合うこととなった。そして先程とは違い、人間サイズの映像となったマオが俺に向かって頭を下げた。

『よくぞおいで下さいました。ソーマ・カズヤ様。私はこの日が来るのを首を長くして待っておりました。本来ならば握手を交わしたいところなのですが……』

　そう言うとマオは自分の手を翳（かざ）して見せた。

『ご覧のとおり、この姿は映像に過ぎませんのでご容赦ください』

「あー、それはいいんだけど……それより聴きたいことが山ほどあるんだけど」

『なんでしょうか？』

「まず、その姿はＤＩＶＡロイド『ＭＡＯ』のもので間違いない？　あの擬人化された音声読み上げソフトのもの？」
　そう尋ねると、マオはコクリと頷いた。
『はい。この姿は地球の二十一世紀に隆盛した音声読み上げソフトのものを使用していま
す。ＤＩＶＡロイドシリーズの中でもとくに人気だった「ＭＡＯ」のものです』
「いや、魔王がＭＡＯで、しかも二次元の存在ってだけで頭がこんがりそうなんだけど、
その姿で話しているキミがべつの場所に存在しているの？　中の人的な？」
ちょうどVチューバーみたいな感じで、このマオに台詞を喋らせている誰かがどこかに
いるのかと思って聞いてみたのだけど、マオは中途半端に小首を傾げるだけだった。
『そうであると言えますし、そうでないとも言えます。私は北の試験体を管理するＡＩの
ようなものであり、肉体のようなものは持たないのです。ただこうして有機生命体とコン
タクトする際には身振り手振りがあったほうが意思を伝えやすいでしょう？　そのために
この姿を借りているのです。不気味の谷のはるか手前であり、未知の人類にも不快感を与
えないであろうこの姿を』
　えっと……つまりマオは実態のないＡＩだけど、俺たちみたいなのとコンタクトを取る
ためにＭＡＯの姿を借りている……ということか？
　不気味の谷って、人間に似過ぎてると不気味に感じるというやつだっけ？
　リアルすぎる蠟人形やマネキンなんかに恐怖を覚えるようなヤツ。それを回避するため
に、敢えてコテコテの３Ｄキャラクターの姿を借りているってことか。

「あの……陛下？　私にはこの方の言っていることがよくわからないのですが？」

頭を使うのが苦手なアイーシャが、目の前に問題集を山積みにされたかのような目でこっちを見た。大丈夫。俺だってあんまり理解できている気がしないから。

……というか、マオの言葉はみんなにも理解できるんだな。

俺の勇者としての謎翻訳みたいなのが働いているのだろうか？

「そう言えば、俺のことをソーマ・カズヤって呼んでるよな？」

『はい。それがアナタの名前なのではないのですか？』

「ああ。結婚して名前が変わったんだ。いまはソーマ・E・フリードニアを名乗ってる」

『そうだったのですね。私には召喚された当初のデータで登録されていましたから』

「登録って……」

システマチックだな。ＡＩだと自称するだけはある。

するとマオの後ろに控えていた大柄のコボルトが進み出てきた。

「○○○○、○○○○」

なにか言葉のようなものを口にしていたが、俺には聞き取れなかった。

仲間たちのほうを見てもみんなキョトンとしているので同じなのだろう。するとコボルトの後ろに控えた褐色肌の二十代くらいの女性が怖ず怖ずと口を開いた。

「ガロガロさんが言っています。『南の人々。初めまして。私はガロガロ。北の民たちの代表をしている』……だそうです」

あっ通訳をしてくれたのか。するとトモエちゃんが進み出てきた。

「義兄様。たしかにそのコボルトさんは『南に住まう皆様、お初にお目に掛かります。北の民たちの代表をしているガロガロというものです』……と言っています」

「!? 貴女はガロガロさんの言葉がわかるのですか?」

褐色肌の女性が目を瞠ると、トモエちゃんはニッコリと笑った。

「私には翻訳の魔法があるので理解できるだけです。そういう貴女は人間族のようですが、どうして魔族の方々と一緒にいるのですか?」

「あっ、その……私はポコって言います。北から魔物が攻めてきたとき、仲間たちとはぐれて彷徨っていたところを、この方々に保護されてこの都市に連れてきてもらったんです。いまは通訳が必要だということで駆り出されました」

ああ……そういう人も居るのか。

魔族が人類と同じ知的生命体である以上、善人も悪人もいるだろう。戦争相手だった人類を敵視する者もいれば、困っているなら助けようとする者もいる。

それもまた人類っぽかった。すると……。

「△△△△、△△△△!」

鎧甲冑を着たバンピール(女騎士版のバンピールという見た目だ)がなにやら険しい表情でポコさんに言った。

「あ、ごめんなさい。ラビンさん」

ポコさんはそのバンピール騎士に謝った。

多分「そっちの言葉でばかり話すな」みたいなことを言われたのだろう。怯えている様子はないから、それほど強くは言われていないようだけど。

するとポコさんはそのバンピール騎士とリザードマンを手のひらで示した。

「えっと……こちらのバンピールさんがラビン・ゴアさんで、こちらのリザードマンさんがククドラさんと言います。お二人ともそれぞれの種族の偉い方で、こちらの世界でいう族長みたいものとお考えください」

リザードマンが俺にヌッと手を差し出してきた。

「××××、××××」

「『どうぞよろしく』だそうです。義兄様」

「あ、ああ。よろしく」

トモエちゃんに教えられて、俺はククドラと握手をした。

その光沢のある手を握ると、その感触は爬虫類のものというよりは、年季が入って多少柔らかくなったソフトビニールの怪獣人形みたいな感じだった。

するとバンピール騎士ことラビン・ゴアがマオになにかを言っていた。

「『この方が、話に聞いた扉を閉じることができる人物ならば、早く閉じていただいたほうがよろしいかと』……と、マオさんに言っています」

トモエちゃんが教えてくれた。扉……そういえばそんなこと言ってたな。

マオはこっちを見て、俺に手を差し伸べてきた。

『ソーマ様。いますぐ私の城まで来てください。扉を閉ざすために』

「さっきから言ってるその扉ってなんのことなんだ？」

『私たちが南の世界にやってくるために使用したゲートです。私たちはそのゲートを通ってこの地へと避難してきたのですが、その扉を閉ざす術がありませんでした。そのためゲートはいまなお開きっぱなしであり、北の魔物を呼び込んでしまっています』

「北の魔物……」

イチハがポツリと呟いた。

「魔王領が出現したとき、最初に『北の果てに異界の門が開き、そこから大量の魔物が現れて村や町を襲った』と聞きます。扉とは、その異界の門のことなのでは？」

「ああ。そういえばそんな話を聞いた気がするな」

『はい。北の地で追い詰められた我が子らを助けるためには、南のティアマトの管轄下にある地に逃がすより他にありませんでした。しかし、半ば横紙破りの方法でゲートを繋げたのですが、私には閉じる権限がありません。その権限を有しているのはソーマ殿。母なる星の懐かし人である貴方をおいて他に居ないのです』

マオはそう言うと深々と頭を下げた。

それを見たガロガロ、ククドラ、ラビン・ゴア、ついでにポコも頭を下げる。

困惑していると後ろから柔らかな声が聞こえて来た。

「行ってあげてください」

いつの間にか立っていた老婦人姿のティアマト殿が言った。

「ティアマト殿？」

「彼女は自分の意思では止まることができないのです。たとえそれで彼女の子らが苦しむことになろうとも、苦しめる相手もまた彼女が生み出してしまったものゆえ、干渉することができません。彼女を制約から解き放つことができれば、この大陸の人々の苦しみの元凶を取り除くことになります」

「……相変わらず、持って回ったような言い方ですね」

俺がそう言うと、ティアマト殿は薄らと微笑んだ。

「制約が多いのです。私も、彼女も」

……まあ、ここでこうしていても始まらないか。

もともと魔族とは可能なかぎり穏やかに接触して対話の機会を持ちたいと思っていたのだ。向こうが招いてくれるというのなら渡りに船だろう。

俺はハルバートのほうを見た。

「……ハル。しばらくここの兵たちを頼めるか？」

「それは構わないが……行く気なのか？」

「ああ。まずは〝知ること〟だ。知らなければ、なにも始められない」

俺がそう言うとハルはフッと笑った。

「わかった。ここは俺とルビィに任せろ」

「助かる。……マオ、殿でいいのかな？　ハルとルビィ以外のここに居るメンバーを連れて行っても構わないだろうか？」

そう尋ねると、マオはコクリと頷いた。

『感謝します。ソーマ様。……それでは』

次の瞬間、周囲の景色が変わった。熱い太陽の照りつける砂漠の景色は消え去り、俺たちは薄暗い、金属に囲まれた部屋の中に居た。

（この部屋……ジーニャのダンジョン工房に雰囲気が似てるか？）

するとマオが両手を広げながら言った。

『ようこそソーマ様。我が心臓部へ』

すると彼女の頭上に特大の映像が現れた。

それは宝珠を用いた放送によく似た空中投影式の映像で、俺たちはそろって見上げる。

そこに映し出されていたのは宇宙に浮かぶ、たった一つの星。

俺のよく知る地球の姿だった。

驚き、唖然（あぜん）とする俺の耳に、マオの静かな声が響いた。

『ソーマ様にはこれより、この世界の成り立ちを知っていただきます』

マオはＤＩＶＡロイドの可愛（かわい）らしい声で語り出した。

## 第十章 ◆ 世界の成り立ち

かつてソーマ様の居た世界とこの世界には時間の連続性があります。

旧世紀で言うところの、二十二世紀の始め頃。

順調に科学技術を発展させた人類は、物体を構成する原子の質量を自由に変化させる術を獲得します。簡単に言えばそこにいるティアマトや、その眷属(けんぞく)である竜(ドラゴン)たちが身体(からだ)のサイズを自在に変える際に使っている技術です。

この技術を獲得したことで、人類の技術力は太古に火を獲得したときと同等な爆発的な発展を遂げることになります。

どんな物体も原子の密度そのままに大きくすることができ、どんなに精巧な物体で肉眼では見えないほどに小さくすることができるようになったのです。

前者はエネルギー問題や食料問題などに応用されました。そして後者はどんなことにも応用可能な万能物体『ナノマシン』として利用されることになります。

これらの発見・発明は減少傾向にあった人類の総人口を大幅に増大させることになります。この時期が人類にとってもっとも活気があった時代だったといえるでしょう。

食料問題やエネルギー問題が解消され、ナノマシンが土壌改善や人体の健康維持に活躍することによって、戦争や疫病のような、人類史と切っても切り離せない問題から解放されたのですから。次はどんなことができるのだろう、次はどんな明るい未来が待っているのだろうと、誰しもが期待していたのです。

その期待が出生率の上昇という形で表れたのでしょうね。

また同時にナノマシンによる健康維持により、死亡率も大幅に低下しました。

それだけでなく、受精卵の段階からナノマシンが遺伝子を調整することにより、人の寿命も大幅に伸びることになります。……そうです。貴方の隣に居るダークエルフ。彼女のような長命種族もそのようにして生み出された種族なのです。

もちろん単に寿命を延ばしただけでは簡単に人口爆発を引き起こしてしまうので、それらの新人類は出生率を低下する調整もなされましたが。

そういった調整を施しながら順調に増えていった人類は、いつしかかつて最大だったときの総人口を超えていきました。そして、増えた人口はかつて人口減少によって頓挫していた宇宙への拡張事業を再開させることになります。

……マンガやアニメのように地球と宇宙で争うようなことにはならないのか？

かつて初めて宇宙に進出したときにはそのようなこともありました。

しかし、今回の再拡張にはナノマシンがあります。

わざわざ宇宙空間に人類の居住空間を建造する必要も無く、惑星にナノマシンを散布すれば比較的短期間で地球と同じ環境を手に入れることができるようになったのです。

つまりテラ・フォーミングですね。

もっとも効率の問題から、月や火星などの太陽系にある衛星・惑星はゼロからテラ・フォーミングしますが、地球から離れれば離れるほど、最初から地球に環境の近い惑星を選んでテラ・フォーミングを施すことになります。

……そうです。いまソーマ様がいるこの星も、そんな太陽系外でテラ・フォーミングされた星の一つなのです。

そしてそれらの星では同時に、様々な実験が行われることになりました。

いずれ人類の人口が太陽系から溢れ出し、この星に移住するときのために〝この星に適応した人類〟の姿を模索したのです。先にも言ったとおり、この星のテラ・フォーミングは太陽系の惑星と比べて完璧とは言えませんでしたので。

そのためにこの星全体を試験場とした実験が行われることになったのです。

「試験場……」

前に『北の試験場』『南の試験場』という言葉を聞いたけど、ここで出てくるのか。

気になるところが多い……というか、一々気にしてたら埒があかないくらいの情報量が詰め込まれていた説明だった。

俺はなんとか理解できる感じだったけど、他のみんなはどういう反応なのだろうと振り返ると、大体のメンバーは首を傾げていた。

「……ジュナ殿。理解できましたか？」

「半分くらい、ですね。星という話が出たアタリからはわかりません」

「ジュナもわからないなら、私たちにわからないのは当然ね」

アイーシャ、ジュナさん、ナデンはそんなことを言っていた。

一方で、トモエちゃん、イチハ、ユリガはというと……。

「イチハくんは理解できた？」

「……ギリギリですね。大凡のことは理解できましたが、納得がいっているかというと微妙なところです。我々はソーマ陛下の子孫に当たる人たちによってこの星に生を与えられたという考えは、どこか恐怖に近いものを感じてしまうから」

「たしかに……そう聞くと、面白くないわよね。実験動物扱いされてるみたいで」

三人は発想の柔軟性があるからか、意外と話について来られているようだ。

とくにイチハはかなり正確に把握していると思う。

彼が感じてるのは根源的恐怖っぽいしな。

自分たちを生み出し、自分たちを滅ぼしかねない存在がいるということが恐怖として成立するのは、クトゥルフ神話などが証明している。

「試験場という言葉が出てきたけど、たしかキミはこちら側の世界をティアマト殿の試験場と呼んでいたよな？　それとなにか関係があるのか？」

そう尋ねるとマオはコクリと頷いた。

『試験場を北半球と南半球で分けたこともまた、試験の一つなのです。管理者に差を設けることで、試験体にどのような影響が出るかを調べるために』

マオはそう言うと空中に〝俺たちの知るこの世界の地図〟を映し出した。

星竜連峰が中心に置かれたランディア大陸と、九頭龍諸島や精霊王国の二つの島などが映し出されている中、いくつもの点のようなものが浮かび上がっていた。

あの点は一体？

『この星に効率よく適応できる人類の調査。それはつまり人類の身体にどのような変化を加えれば良いかというのを、サンプルを用いて調査しようということなのです』

「サンプル？」

『こちら側の人類で言うところの、獣人族、子人族、ドワーフ族、エルフ族などの所謂【亜人】と呼べる存在がそれです。旧人類はそれらの亜人がこの星に適応できるかどうかを調査していたのです。そしてその実験のために用いられた【試験管】が、こちらの人類が【ダンジョン】と呼ぶものなのです』

「「ダンジョン!?」」

俺とイチハの声が揃った。ここでダンジョンが出てくるか。

イチハの編み出した魔識法をもとに、ジーニャの唱えた『生物ダンジョン起源説』は正しかったということなのだろうか。マオは説明を続けた。

◇　◇　◇

ダンジョンとは、コアがある限り、常に一定の生命が生み出され、ダンジョン内に生態系が維持されるということはご存じでしょう。いま現存しているダンジョンのほぼすべてが不具合を起こしているため、失敗作……所謂【魔物】を吐き出すだけの存在になっていますが、もとは適応できる亜人を探すための【試験管】だったのです。

本来のダンジョンの役目は……たとえばそちらの狼(おおかみ)の獣人族のお嬢さんのような種族がこの地に適応できるかを調べるため、まずその種族を生み出し、その種族が生活できるようダンジョン内の生態系を調整して種族数を増やします。

順調に種族が増えていけばやがてダンジョン内も手狭になるでしょう。

その種族の勇気あるものがダンジョンの外へと飛び出し、外の環境に適応できるならば種族を率いて外の世界へと連れ出すことでしょう。

これでそのダンジョンの仕事は一先(ひとま)ず終わりとなり、次の種族の繁殖実験に取りかかることになります。それを繰り返していくうちに、北半球でも南半球でも、繁殖に成功し、外の世界へと飛び出した【亜人】たちの生活できる領域が広がっていったのです。

そして、外に飛び出していった亜人たちや、亜人たちを生み出すダンジョンの発生を管理していたのが私とティアマトというわけです。

この星の北半球では、私は肉体を持たない永続性の強いＡＩとして彼らを継続的に見守り、この星の南半球では敢(あ)えて肉体が与えられ、死と再生を繰り返す代わりに子孫を残すことを許されたティアマトが、何世代にもわたって管理することになったのです。

ティアマトの眷属である竜族や、その竜族と他種族が混血することで生まれた半竜人(ドラゴニュート)などはこのときに発生した種族です。だからこれらの種族は北半球には存在しません。

私とティアマト、永遠か有限か、孤独か血族を持つか……そういった差が、試験体にどのような影響を与えるのかを調べるのもまた、実験だったのです。

いずれ、増えすぎた人類がこの地へと訪れるときのために……。

「「「……　」」」

全員が全員、言葉を失っていた。衝撃の事実が多すぎる。

この世界に存在する亜人たちの存在意義。ティアマト殿やマオの存在意義。これが世に広まれば社会に大混乱を与えること請け合いだ。

ここに来る人数を絞って本当に良かった。

（それにしても……試験体……か）

まさか王都で発見された魔物や竜(ドラゴン)などの骨も、遥(はる)か昔にダンジョンが生物を生み出そうとしていた痕跡ということなのだろうか。記録にも残らないくらい昔に自壊したため、ただ化石のような形で残されていた……とか？　つまりメカドラに使われている骨は星竜連峰産の竜ではなく、ダンジョンが実験のために生み出していたものということか。

対巨大生物用の兵器とかに利用しても怒られなかった理由はこれか。

マオは話を続けた。

『この星の環境は徐々に整っていきました。仮に亜人のような特別な能力を付与しなくても生活できることは……ソーマ様。過去から送り込まれた貴方が証明しています』

「………」

まあ居住可能な環境が整ってなかったとしたら、俺はアルベルト義父さんに召喚されたその瞬間に死んでるだろうしな。そう考えるとゾッとするけど。

するとマオは少し沈んだ表情を作って言った。

『しかし、いつまで待っても旧人類はやって来ませんでした』

来なかった？　おそらくかなりの労力を費やして惑星をテラ・フォーミングしたり、わざわざエルフや獣人族を作るなどの実験までしておいて？

「もしかして、地球に住む者と宇宙移民とで全面戦争になって……とか？」

アニメなんかで描かれていたように。しかしマオは首を横に振った。

『いいえ。それよりは救いがあり、一方で、よりくだらない理由です』

「救いがあるのに、くだらない？」

『はい。旧人類が〝やる気を失った〟という、ただそれだけの理由ですから』

月や火星を完全に地球と同じ快適な環境へと造り替えたとき、人類は悟ってしまったのです。あとはもう、同じことの繰り返しだろうということを。

どんなに人口を増やし、どんなに宇宙へ種を拡張していったとしても、結局はこれまで行ってきた事業のやり直し、紡いで来た歴史のリバイバルでしかないということを。

人類はコレまで、足りないものを求めて様々な物や思想を磨いて来ました。

富める者から富み、人より豊かになりたいという思いを原動力にする資本主義。

富を分配し、貧困をなくそうとした社会主義。

どちらにも光も闇もある制度でしたが、根ざしている部分は、格差のある現実をどう生きるか、どうすればより幸せになれるかを考えていた点で一致しています。

しかし科学の進歩によって人類すべてが満ち足りた生活を送れるとしたらどうでしょう。

全員が全員、満ち足りた生活を送れるとしたら？

人より豊かになろうとしても上がもうほとんどなかったら？

貧困が存在しない世界となったら？

格差が今日食べるお米が二、三粒多いか少ないかの違いしかなかったら？

たったそれだけの差のために戦争をしますか？

それだけのために遠くの星に出掛けますか？

他国より優位になろうと人口を増やそうとしますか？

寿命のコントロールさえできるような社会で子供を作ろうと思いますか？

自分の世代では為し得ないかも知れない事業があれば子孫に託すことも考えるでしょうが、自分の世代で大体のことが叶えられる世界で、家族を作ろうと思いますか？

……おわかりでしょうか。

どうにもできないことがあるからこそ、人はどうにかしようとするのです。

それが生きる糧になり、感情を突き動かし、他者にまで影響を与えるのです。

例えばソーマ様と伴侶であるダークエルフ族や竜族とでは寿命に差があります。

そこに葛藤もお有りでしょう。

残す者と残される者の差。相手を縛りたくないという思い。

せめて家族でも残してあげられればという思いやり。そういった人らしい感情は、どうにもならない現実への葛藤があるからこそのものなのです。

しかし、満ち足りてしまった人類という種族はそこで行き詰まってしまったのです。

科学の進歩に合わせて、人類の精神も成長していかなければならなかったのですが、人類の精神の成長に比べて科学の発展の速度が速すぎたのです。

その結果として……人類は地球の周辺に引き籠もったのです。

「えっ、引き籠もった？」

予想外の単語が出てきて思わず聞き返してしまった。マオは頷く。

『【外への意欲を失い、地球(我が家)で満足している】という意味では立派な引き籠もりです』

「いや、言いたいことはわかるけど……」

宅配に慣れると、買い物に出掛ける機会も減るって感じだろうか？

「でも人類全体の引き籠もり化……っていうのは想像できないな」

『そのころにはもう、科学の進歩は行き着くところまでいってしまっていましたからね。それこそ人の生体電流や心臓の鼓動からでさえもエネルギーを取り出すことができ、機械のメンテナンスも機械が行うような世界になっていましたから、人類が働く意義さえ曖昧になっています。むしろ機械の電池になることで、生まれてきた価値は満たしていると考えるような世界でしたので』

「……たしかに、引き籠もりにとっては理想郷かもしれないけど」

段々と想像しにくい領域になってきた。俺は腕組みをしながら首を傾げた。

「でも、不便がなくなるなら、むしろ不便を求めて外に出るんじゃないか？」

都会の暮らしに飽きたら一人キャンプに行って不便さを楽しむ……とか、俺の居た時代にはあったけど。そう思って尋ねると、マオは凄く微妙な顔をしていた。

『それはそのとおりなのですが、同様に発展してきたＶＲ技術に伴い、五感のすべてを現実のものと遜色なく感じられる仮想現実が作られるようになったのです。それこそ、不便を求めるなら不便を体感できる仮想現実へと行ったほうが、身の危険もなく、何度でも好きな不便を体感できてしまうのです。それこそこの世界に似た剣と魔法の世界や、貴方のいた令和で一生を過ごすような体験を』

「えっと……つまり？」

『きっといまの地球人は機械にエネルギーを供給しながら、自らの望む仮想現実を生きているこことでしょう。それも映画に描かれたようなディストピアなどではなく、本人が望んで虚構の世界に入り浸っている形ですね』

……マジの引き籠もりじゃん。

未来世界の地球人は本当にそんなことになってるのか？

んー……なにかしら、仮想世界じゃ無理なことってないだろうか？

「あっ、家族とかは？　仮想現実で恋愛して子供作ったとしても、それはデータで実際の子供じゃないだろう？　そういうのに反発する人はいなかったのか？」

『仮想現実は共有できるので、そこで出会った人物の精子と卵子を受精させれば、仮想世界で実際の恋愛を行い、実体としての子供を作ることもできます。もっとも、貴方のいた時代に比べれば、寿命が長い分、血族意識は希薄になっていますが』

「………」

『もちろん、それを善としない者たちもいました。彼らはテラ・フォーミングされた星に移住し、暮らし始めます。それがルナリア正教が月から来たと主張している『月の民』であり、この地で新たに増えた人間族の祖先でもあります。もっとも、亜人との交配が進んだ現在の人間族と、かつての人類とではすでに別個の種族になっているのですが』

　ぐうの音も出ない。

　これ以上、深く考えると、この世界さえ虚構なんじゃないか、たとえティアマト殿やマオが虚構でないと言ってもそう答えるようプログラムされてるんじゃないかとか、根源的な恐怖に似たものを感じるのでやめておこう。

　そもそも、マオ側にしても、旧人類の話は本題ではないはずだ。

「旧人類が来なかったというのはわかった。そろそろ貴方たちのことを聞かせてほしい」

　魔族とはなにか？　魔物とはなにか？　マオは頷いた。

『旧人類が来なかったことにより、この星のような実験場はそのまま放棄されました』

　人口爆発と人類の活動領域の拡大を見越して、この星のような実験場が用意されたのは先に述べたとおりです。しかしそれらの予想は外れ、人類は地球とその周辺に留まり、こ

の星のような実験場は放棄されました。

放棄されても尚、我々管理者はその存在意義として実験を継続していたのです。

すなわちダンジョンを生み出し、この星に適応した人類と動物を生み出すという使命を百年、千年、数千年と、気の遠くなるような時間を……延々と……。

そのうち、不具合を起こすダンジョンが現れ始めました。

明らかに生命として歪な存在を吐き出すようになります。

それが魔物なのです。

魔物の身体が腐食していたり、他生物とのつぎはぎのような歪な形状をしているのは、不具合を起こしたダンジョンが正しい生物を製造できなくなっているからなのです。

南半球の管理者であるティアマトは、血族の作成と世代交代を許されていたため、世代交代の際にダンジョンを生み出すプログラムを破棄することに成功したようです。

だから南半球にはダンジョンの数が限られているのでしょう。

一方で、北半球で永続的な管理を指示されている私はいまも尚、不具合の起こしているダンジョンを生み出し、魔物を吐き出し続けています。しかも南側には居ないような巨大で強力な魔物が多数生み出されることになりました。

北はランディアのような大きな大陸のない大小無数の島が散らばるのですが、我が子らである知的生命体の領域はどんどん魔物によって浸食されることになりました。

そして北の知的生命体はついに一つの島まで追い詰められることになります。

私はそれを……ただ見ていることしかできませんでした。

不具合を起こしてしまっているとはいえ、魔物も私が生み出してしまったものなので、これに危害を加える権限は私にないのです。

あのロボット兵器も、管轄の違うティアマトの子らへの迎撃には使用できるのですが、魔物を攻撃する権限を有していないのです。

だから私は……一縷の望みを掛けて、生き残っていた知的生命体と共に、この南半球へと転移してきたのです。もしかしたら、ティアマトがプログラムに縛られ不具合のあるダンジョンを生み出し続けている私を破壊してくれるのではと期待して。

私が壊れれば、少なくとも北の地にこれ以上ダンジョンが増えることはなくなり、北と南を繋ぐためのゲートを閉じることができますから。

◇◇◇

『これが、我々がこの地へと現れた経緯となります』

「………」

……壮絶な話だった。あっ、だから星竜連峰を襲ったのか。

ティアマト殿に自分自身を破壊してもらおうとして。

「あの『ジャンガル』とかを所有していながら、魔物への対処もできなかったと」

『そもそも、あの「ジャンガル」は戦闘用ではないのです。実戦用の兵器がアニメのロボットと同じ姿をしているというのも変だと思いませんか？』

「たしかに」

『あれはアニメのロボットを再現したという、半ばイミテーションの様なものです。言ってしまえば博物館が投石器のレプリカを作るようなものです。実際に使用可能に作っていたとしても、時代遅れの骨董品でしかないのです。あのレプリカのジャンガルと「要塞攻略用移動要塞」という珍兵器のみが、私が扱える兵器なのです』

レプリカに珍兵器……帝国主導の人類連合軍はそんなものに壊滅させられたのか？

いまこの場にマリアがいたらどんな顔をしただろう。

まあ遥か未来技術で作られたものなのだから、そういったものでもこの時代から見れば十分驚異だろう。そして魔族の側は、そんなものを有しているにもかかわらず魔物には使用できなかったわけか。

「ということは……魔物に対しては魔族が直接戦っていたということか？　俺たちと海岸線で睨み合ったときのような、古めかしい装備で？」

『はい……』

それは……想像もできないくらい苦労したことだろう。

そして、それでも救いの手を差し伸べられなかったマオもまた苦しかったはずだ。

なまじ永遠の存在であるが故に、長いことその苦しみに耐えてきたのだろう。

星竜連峰で自暴自棄になるのも頷ける。

するとマオはじっと俺のことを見つめてきた。

『ですが、南に来て十年が経とうとしたころ。私は希望に出会いました』

「希望？」

『貴方のことです。ソーマ様』

俺？　仲間たちの視線が俺に集まる。マオは言った。

『パルナムの召喚システムで呼び出された貴方なら、私を止めることができるのです』

◇　◇　◇

パルナムの召喚システムはもともと大量の物資や移住してくる人々を運搬する目的で建設されたものなのです。ソーマ様にわかりやすく言うなら、時間移動機能のついた巨大などこでもドアのようなものだと思ってください。人も、物資も、ジャンガルのような巨大な兵器も即座に地球から呼び寄せることができたのです。

もっとも、そのエネルギー源であるナノマシンの多くはすでに機能を停止して地中深くに眠っており、現在パルナムの周囲に残存しているだけのエネルギーでは、人一人を呼び出すのにも数百年単位の充塡期間が必要となります。

そうです。貴方を呼び出した『勇者召喚の儀』とされるものがこれなのです。

　しかし、先述したとおりこのシステムが移住に使われることもなく、地球の人類は地球圏に引き籠もってしまいました。

　不要となったこのシステムですが、仮想現実で生きることを嫌ってこの星へと移住し現生の人間族の祖先となった人々は、このシステムを残しておくことにしたのです。

　私や初代のティアマト、それに各地で神獣として名が残っているような管理者……これらを『古き者』と呼んでいますが、これらやダンジョンなどのシステムには、現地の実験体からの干渉を受けないようプロテクトがかけられています。

　いずれ人間族も世代交代が進み、これらのシステムへの管理権限を失えば、いまの私のように不具合を起こしたシステムが現れたときに止める手段がなくなります。

　その懸念があったからこそ、移住してきた人々は転移システムであるパルナムの上に都市を築き、人々の生活の中から少しずつエネルギーを蓄えるように改造し、有事の際には管理権限を持つ地球人を召喚できるように造り替えたのです。

　召喚された者が現地の人類とコンタクトがとれるよう、相手の言語が聞き取れ、こちらが話す言語を相手が理解できるようになる仕組みまで用意して。

「っ!?　そういうことか！」

「うわっと!?　陛下？」

俺が急に上げた声に傍に居たアイーシャがビックリしていた。

「あ、悪い。いまの話を聞いて合点がいったことがあったから」

「合点……ですか？」

「ああ。前にどうして俺の言語能力は歪なのか考えたことがあったんだ」

俺が召還時に付与された言語能力は歪だ。

俺はこの世界の文字ならば理解し、読み書きもできる。

しかし言語の場合は違う。俺はリーシアたちの言語を理解できる。

リーシアたちは俺の話す日本語を理解できる。しかしこの世界にはまだ概念が存在していない日本語は聞き取れないし、歌などで伝えた場合も理解できない。

ジュナさんがスマホで聴いた歌を、耳コピしてそのまま歌ったような感じだ。

つまり俺の言葉を聞き取れるように、リーシアたちの脳に働きかけているのだ。言語についても文字と同じように、俺がこの世界の言語を理解し話せるようにすれば、このような迂遠な方法は必要なかったはずなのに。どうやらこの召喚システムを作った人間はなんとしてでも俺の言葉を残したかったのだろう。

それは星竜連峰でマオに『対応言語確認』と言われたことからも推測できた。

そして、いまこのとき、その意味を完全に理解した。

勇者召喚の意味。俺がこの世界に呼ばれた理由。

「俺はキミたちが不具合を起こしたときのメンテナンス要員として呼ばれたのか。そしてメンテナンスするためには地球の言語が必要だったから、日本語は残された」

『貴方を呼び出したのはこの世界の人々の意思であり、我々の意思は介在していませんが、他は概ね、貴方の推測どおりとなります。だからこそ、私は貴方を招いたのです。不具合を起こした私の機能を停止していただくために』

だからあのとき「北へ」と求めたわけか。……随分と掛かってしまったな。

「俺が選ばれたことに意味はあるのか？　聞くかぎりだと誰でも良かったんじゃ？」

『たしかに貴方が呼び出されたことは偶然ですが、いくつかの前提条件を満たしていた人物だから選ばれたのです。まず肉体改造の進んだいま地球で眠っているような人類は管理者として不適格として呼び出されません。かといってこちらの言うことを理解できないほど昔の人類を呼び出しても意味がありません』

「………」

『ですので【大体二十世紀か二十二世紀くらいの人物】で、失踪しても影響の少ない【家族のいない天外孤独な若者】が選ばれます。意思疎通ができるようコミュニケーション能力の高さなど、細かい調整はあるかもしれませんが』

……つまり俺は、この世界にとってちょうどいい人物にあたるリストの中から、無作為に選ばれてここにいるってことなのだろうか？

運命とかではなく偶然の産物として。

「それは……あんまりなのではないでしょうか？」

ジュナさんが険しい表情でマオに言った。

「いくら家族がいなかったとは言え、陛下にも家やお墓があり、友人などもいたことでしょう。そこから無理矢理引き剝がしておいて偶然で片付けるのは酷いと思います」

「そうね。この世界にソーマが来てくれたからこそ私たちは出会うことができたとは言え、聞いててあんまり気分が良くないわ」

ナデンもそう言って頷いていた。アイーシャも少し不満げな顔をしているし、嫁さんたちの気遣いが嬉しかった。するとマオはコテンと首を傾げて見せた。

『ソーマ殿を呼び出したのは私たちではありませんが？』

「「「……あっ」」」

そう言えばそうだった。

呼び出したのはアルベルト義父さんたちであり、それを促したのはマリアたちだ。そのことにマオは一切関与していない。そのアルベルト義父さんもマリアもすでに身内だし、憤りのやり場に困ってしまうな。

ともかくマオが俺を使ってやりたいことについては大凡のことがわかった。

「マオの望みを叶えることが、魔王領の問題解決にも繫がることは理解した。その上で、俺はまずなにからやればいい？」

そう尋ねると、マオは海岸線の景色を映し出した。砂漠の向こうに海が拡がっているという景色の中で、一部がぐにゃりと景色を歪めていた。

『あれが、我々が南へと来るために使用したゲートです。この都市もパルナムと同じ目的で建設されたものですが、私はその機能を利用して都市そのものを転移させました。そのときに開けた穴は、いまもなお、北から魔物を呼び込んでしまっています』

「ああ、こちらの世界で『異界の門』とか呼ばれてたあれか」

最初期の説明で大陸の最北端に急に現れ、魔物を吐き出したというあの門か。

マオはコクリと頷いた。

『北半球と南半球は異なる実験場として、本来なら相互干渉が不可能でした。こちらの世界では北の海の果ては未踏領域になっているでしょうが、それは北から南へ、南から北へはたどり着けないよう、認識阻害のフィールドを形成されているためです』

「地図が南半球だけだった理由がそれか……」

『はい。そしてあのゲートはその理をねじ曲げて開通させたものです。ソーマ様。私に「転移ゲートを閉じる権限を与える」との言葉をください』

「……そうするとどうなる？」

『北半球から魔物が入ってくることを防ぐことができます。こちらの世界で「魔浪」と呼ばれる周期的な魔物の大量発生も起きなくなることでしょう』

「えっ、魔浪が!?」

ユリガが驚きの声を上げた。イチハも「こんなあっさりと魔浪が解決するなんて……」

と目をパチクリとさせている。そういえば二人が東方諸国連合に居た頃には、魔浪によって国が滅びるか否かの瀬戸際みたいな状況に追い込まれていた。

その魔浪が俺の許可一つで防げるのか……。マオは言う。

『魔浪は我々にとっても脅威でした。私自身が生み出してしまった存在であるが故に魔物たちの侵入を止めることもできず、またジャンガルのような武器の使用も許されない中、北半球の人類の生き残りはこの都市のみで必死に耐えてきたのです』

それは……歯痒かっただろうな。

たとえこのマオが人工知能だったとしても、人の心に寄せられているのだとしたら、悩み苦しんだはずだ。念のためティアマト殿のほうを見ると、彼女は静かに頷いていた。

どうか彼女の願いを叶えてあげてほしい、そう言われたような気がした。

「……わかった。『マオにあの転移ゲートを閉じる権限を与える』」

『ありがとうございます』

すると映像の中の歪みが一瞬にして掻き消えた。

映し出されたのはただの砂丘と海だけが拡がる景色だった。余韻も何もなく、人類がこれまで抱えてきた問題の一つが解決した瞬間だった。

「これで……良かったのか？」

『ええ。一先ずは。我が子らの命が脅かされていた一番の問題は解決されました。本当にありがとうございます』

マオはそう言って微笑んだ。いや待て。一先ずは、って言ったか？

「その……一先ずは、っていうのは？」

『私の起こしている不具合への対処は、一つずつ行っていかなければなりません。いま一番喫緊の問題は解決されましたが、他の不具合への対処もしていかなければ、いずれより大きな問題を引き起こさないとも限りません。北半球ではダンジョンが増え、魔物の坩堝と化している現状に変わりはありませんから。もしまた何らかの形でゲートが開かれるようなことになれば、そのときは同じことの繰り返しです』

「「「………………」」」

それって、完全解決までには結構な時間のかかる根深い問題ってことなんじゃないだろうか。俺たちが絶句していると、マオは微笑んだ。

『たしかにこの問題の早期解決は難しいでしょう。ですが、当面の危機が回避されたことには変わりません。皆様もお疲れでしょうし、まずはこの都市に御逗留ください。運ばれた負傷者たちの様子も気になることでしょうし』

「っ!?　そうだ！　カルラたちは無事なのか!?」

俺がそう尋ねると、マオは手のひらを上に向けバスガイドのように示した。

『ご案内いたします。ついてきてください』

案内されたのは先程とはまた違った広い空間だった。

天井が高く、ジーニャのダンジョン工房くらいの広さはあるはずなのに、部屋の中央に鎮座している巨大なもののために妙な圧迫感を覚えることとなった。

その巨大な物とは……金魚鉢？

カラージェリーフィッシュのような丸っこいクラゲの傘部分を逆さまにしたような、丸っこい金魚用の水槽の巨大版みたいなものが部屋の中央にドカンと置かれている。

黒龍になったナデンも頑張ってとぐろを巻けば入れそうな大きさだ。

その巨大水槽には緑がかった半透明の液体が満たされていて、その中に無数の人々が漂っていた。水槽の中を漂う人々は、フリードニア国防軍の軍服を着た者、九頭龍諸島の海賊風の鎧を身につけた者、大虎帝国の騎馬民族風の鎧を身につけた者など様々で、その中には俺を庇って倒れたカルラの姿もあった。

「カルラ！」

カルラに気付いた俺たちはその水槽へと駆け寄った。

治療するという話ではなかったのか!?

これではまるでホルマリン漬けじゃないか!?

そう思っていると、俺の真横にマオが出現した。

『安心してください。この方たちは治療中です』

「治療？　これが？」

『はい。呼吸可能な薬液の中で、医療用に特化したナノマシンと、人工培養した特殊なクロレラがこの方たちの傷を癒やしています。この回復装置ならば大勢を一度に回復させることができますから。傷跡は残ってしまうかもしれませんが、心停止間もない方までならば救うことができます』

「……そうか」

未来技術なので俺にはどういう仕組みなのかさっぱりわからないけど、マオが請け負ってくれるならそうなのだろう。傷跡は残ってしまうかも、という部分に罪悪感を覚えるけど、まずは生きていてくれるだけでいい。

死んでしまったら謝ることも、怒ってもらうこともできないからな。

ホッと胸を撫(な)で下ろしたところで、俺はマオに頭を下げた。

「彼らのこと、よろしくお願いする」

『はい。お任せ下さい。……ところで』

マオはしっかりと頷いたあとで、小首を傾げた。

『ソーマ様の軍とはべつの軍の負傷兵も同時に治療中ですがよろしかったでしょうか？』

「……ああ、頼む。フウガの兵も癒やしてやってくれ」

うちらの負傷者だけ治療したとなると、フウガも黙っていないだろう。

俺たちが魔族と癒着しているとかプロパガンダに利用しかねないからな。

それよりは魔族たちが持っている技術の恩恵をフウガ軍にも受けさせたほうが、後々に禍根を残さずに済むだろう。

するとアイーシャが指折り数え始めた。

「えーっと……北の魔物が出てくる扉は封じて、カルラ殿たちの無事も確認された。魔族の方々との戦闘も現在は停止状態にある。……あと、なにかありましたっけ？」

そう尋ねられて、俺も腕組みをしながら首を捻った。

解決したこと、解決できていないこと。

その二つの間で、いまできることというのはかなり少ないように思える。

「北半球の状態がわかった以上、扉を閉めても問題解決とはならないだろうけど……それは時間がかかる問題だしな。すぐにどうこうできる問題でもないし。もちろんカルラたちの回復も急かしたくはない……となると、いまできることと言ったら、一連の戦闘行為を停止し、今後どうするかを決めるための話し合いだろう。まあそれもエクセル率いる本隊の合流を待たなければならないが」

するとユリガが「あの」と手を上げた。

「お兄様への説明は必要だと思います。いま合流されるとややこしいことになりそう」

ああ、それもそうだな。対話の流れに水を差されると厄介だ。

「放送を通じて連絡をとろう。……いまできることはそれくらいか」

「急にやるべきことがなくなっちゃいましたね」

ジュナさんが頬に手を当てながらおっとり顔で言ったので、俺たちは気まずげに顔を見合わせた。問題はとんでもなく巨大であるにも関わらず、いますぐできることはすでに終わってしまっている。どうにも時間を持て余してしまう感じだ。

　するとマオがクスリと笑う仕草を見せて言った。

『よろしければ、しばらくこの地でおくつろぎください。さすがにあの兵数を滞在させられる場所はありませんので、都市城壁の外に駐屯していただくことになりますが、一定の数ごとでしたら都市の中を散策していただいてかまいません』

「いいのか？　問題は起こさぬよう厳命するが、かつて戦った相手だろう？」

　そう尋ねると、マオはコクリと頷いた。

『はい。おそらくこれよりは、我が子らもあなた方と共に歩む時間が長くなると考えていますので、少しずつ相互理解を進めていきたいと思います。そのためにも我々は知り、同時に知っていただかなくてはなりません』

「……わかりました」

　俺は仲間たちのほうを見た。

「聞いていたとおりだ。俺は空母に戻って宝珠で各方面に連絡を取る。アイーシャとジュナさんは一緒に来てくれ」

「ハッ、了解です」「承知しました」

　アイーシャは力強く、ジュナさんは胸に手を当てて頷いた。

　するとナデンが不満げな顔をしながら手を挙げた。

「ちょっとソーマ……私は？」

「ナデンには頼みたいことがあるんだ」

そんなナデンの頭にポンと手を置きながら言った。

「トモエちゃん、イチハ、ユリガの護衛を任せたい。三人には頼みたい仕事があるんだ。ハルとルビィも付けるから、三人のことを守ってあげてほしい。そして……聞いてたとおりだトモエちゃん、イチハ、ユリガ」

「「「は、はい」」」

声を掛けられて背筋を伸ばした三人に苦笑しながら、俺は命じた。

「一足先にこの都市の調査に入ってくれ。三人とももうしっかりとした成人なわけだし、これまでのように大人に付いていって見るだけじゃなく、自分の足で歩いて、自分の知りたいこと、自分の知るべきことを見定めるんだ。キミたちが見聞きし、考えたことは、俺たちの国の政策にそのまま反映される。そう思ってくれ」

もうかつてのちびっ子三人組ではないのだ。俺たちについて来ただけの存在ではない。目の届く範囲にいてほしいと願われるだけの存在ではない。

家族としての繋がりは変わらないとしても、これからは一個の存在として、三人に力を貸してもらうことになるだろう。時の流れを実感するけど……それは決して悲観するべきことじゃない。次世代が育ったという証なのだから。

「三人とも、頼りにしている」

「はい、義兄様」「「はい」」

三人が力強く頷いたので、俺は満足してマオのほうを見た。

「そういえば……まだこの都市の名前を聞いてなかったな。なんて言うんだ？」

そう尋ねると、マオは真っ直ぐに俺の目を見つめながら言った。

『母なる星より人を招くための【扉】として建設された都市。名前を【ハールガ】』

「ハールガ？」

『はい。おそらく、貴方の暮らす【パルナム】も元を辿れば同じ言葉だったはずです』

「なっ!?　パルナムってそういう意味だったのか？」

ハールガがなまって、いつの間にかパルナムと呼ばれるようになったってことか？

それって……割と衝撃の事実なんじゃ？

マオの言うとおりハールガが扉という意味なら、俺が召喚されたのは偶然だったとしても、王都パルナムに召喚されたのは必然だったというわけだし。

召喚された当時のことを思い出し、俺は得も言われぬ気持ちになったのだった。

# 第十二章 ハールガでの再会

魔族の都市ハールガの中央にそびえるマオの城。

都市構造はパルナムと似ており、円形の都市城壁の中央に城が置かれ、そこから放射線状に道が延びて、街並みを形造っている。ただし城とは呼称しても、その見た目は大樹の幹部分か、巨大な円柱とでも呼ぶべきものであり、ソーマなどは「そらから落ちてきたコロニーが真っ直ぐ地面に突き刺さったみたいだ……」と形容していた。

マオはこの城を【マオ・シティ】と呼んでいる。

都市の城壁などと合わせれば、独楽（こま）の下半分が砂に埋まったような状態にも見える。

また家は素材不足からか石造りのものが多く、マオの力によって水源などは確保されているものの、外から入ってくる砂のせいで地面は黄色みがかっている。

外側からの見た目（それも全体を見渡せるような眺望）はともかく、中に入ってしまうとパルナムと同じ構造の都市だとは気付きにくいだろう。

そんなマオの城の入り口に集まった者たちを見て、

「なんか……すごいわね。このPT（パーティ）」

ナデンがそんな感想を漏らした。

いまこの場に居るのはソーマに先遣しての調査を依頼されたトモエ、イチハ、ユリガの三名。そんな三人の護衛を頼まれたナデン、ハル、ルビィの三名。そして魔族側から案内人として派遣されたコボルトのガロガロ、女騎士バンピールのラビン・ゴア、通訳として人間族のポコの三名の計九名だった。

ちなみにソーマたちを出迎えるときに居たリザードマンのククドラは、種族としても本人の性格としても言葉が少なく案内には不向きということで辞退している。

「よくもまあ、こんなにバラバラな種族が集まったものね」

「いや、それをアンタが言うのはどうなのよ」

ナデンが溜息交じりに言うと、ルビィがツッコミを入れた。

この場には人間族×3、獣人族、天人族、竜（龍）族×2、バンピール、コボルトと種族も見た目もバラバラなメンバーが集まっていた。個性的なメンバーが揃っているように見えるソーマの奥さんよりも種族のバリエーションに富んでいる。

「〇〇〇〇、〇〇〇〇」

「●〇●〇、●〇●〇っ」

「〇〇〇〇、〇〇〇〇？」

するとガロガロとポコがなにか話していた。

ガロガロがポコになにかを言い、ポコがそれを慌てて訂正して、ガロガロが首を傾げている。二人のやり取りに、トモエとラビン・ゴア以外の全員が首を傾げていた。

「言葉が通じないとこういうときに不便よね」

ユリガが腕組みしながら言うと、トモエは苦笑しながら「そうだね」と答えた。

「大したことは言ってないよ。ナデンさんとルビィさんの言葉をポコさんが伝えてたんだけど、そしたらガロガロさんが『たしかに鹿の角を持つリザードマンは珍しいな』って言って、ポコさんが『あの方はドラゴンだそうです』と言って、ガロガロさんが『ドラゴン？　あんなドラゴンが南にはいるのか？』って首を傾げた……って感じかな？」

「へぇ～」

トモエがユリガに説明していると、ルビィがナデンを見てニヤニヤ笑った。

「リザードマンだって。言われてるわよ、ナデン？」

「フフフ、懐かしい煽り文句ね。……喧嘩なら言い値で買うわよ？」

ナデンが睨むと、ルビィはフンと不敵に笑った。

「上等。軍属の力を見せてあげようか？」

「パルナム市民に愛される天気予報士をなめないでもらえる？　おじちゃん・おばちゃんたちを味方に付ければ、アンタは城下でお買い物できなくなるんだからね」

「アンタのその妙な庶民人気はなんなのよ……」

若干、昔ヤンチャしてたころの雰囲気を纏いながらナデンとルビィが睨み合うと、ハルバートが慌てて止めに入った。

「やめろって。魔族の人たちだって見てるんだから」

「「フンッ」」

ハルがそう取りなすと、二人はプイッとそっぽを向いた。

するとそれを（ポコによる翻訳で）聞いていたラビン・ゴアが不機嫌そうにハルのことを睨み、「△△△△、△△△△」となにかを言った。

「えっ、なんだ？　俺、なにか気に障ること言った？」

睨まれたハルはわけがわからず、トモエに助けを求めた。

するとトモエは苦笑しながら頷いた。

「えっと……ラビン・ゴアさんは『魔族というのは、魔物とほぼ同じ意味であり、蔑称だろう。そう呼ばれるのは不愉快だ』……とのことです」

「えっ、あー……すまん。謝るよ」

ハルバートが素直に頭を下げると、ラビン・ゴアは少し驚いた表情をしつつもプイッと顔を背けた。ハルバートたちがその仕草の意味を理解しかねていると、ガロガロがポコの翻訳付きで説明した。

「〇〇〇〇、〇〇〇〇」（ポコによる翻訳：素直に謝られるとは思っていなかったので、怒りの持って行き場がなくなったのでしょう。我々はつい先頃まで敵であり、一触即発の状態でしたから。彼女も侮られまいと気が立っているのでしょう）

「あー……だとすると、ますます俺が短慮だったってことだな」

ハルバートがバツが悪そうにガシガシと頭を掻（か）いた。

するとと横で聞いていたイチハが思案顔になった。

「難しい問題ですね。言葉が通じないこともそうですが、どこに相手に不快に思わせる要素があるかもわからない。我々は大陸共用語に慣れきってますから、異なる言語でやり取りする経験がありませんし」

「大体の国の言語は商人スラングみたいな、方言の違いくらいしかないものね。交渉のときとかは便利で良いけど」

「べつの言葉というと義兄様の使ってる言葉くらいだけど、勇者の不思議翻訳能力があるから、私じゃなくても普通に聞き取れてるからね」

ユリガとトモエもそう言うと、イチハも頷いた。

「とりあえず陛下に『魔族という呼び方は相手に不快感を与えるおそれがある』と報告しましょう。さしあたっては貴女たちのことをなんとお呼びしたらよろしいでしょうか……と、聞いてもらえますか？　トモエさん」

「うん。まかせて」

イチハがトモエを通じてそう尋ねると、ラビンは堂々とした様子で言った。

「△△△△、△△△△」（訳：我らの故郷である北の地は、広大な海に、大小様々な島が無数に存在し散らばっている世界だった。だから自分たちのことを海の民『シーディアン』と呼んでいた）

「シーディアン……ですか？」

「△△△△、△△△△」（訳：逆に我らは、マオ様から南の世界には、北の世界にはな

かったような巨大な大陸が存在していると聞かされていたので、貴方たちのことを陸の民『ランディアン』と呼んでいる）

「「「ランディアン!?」」」

トモエ、イチハ、ユリガの驚きの声が揃った。

そんな三人の様子にナデン、ハルバート、ルビィは首を傾げた。

「そんなに驚くようなことなの？」

「それはもうビックリ仰天ですよ、私たちの居るこの大陸の名前はなんですか？」

ナデンはいぶかしがりながらも「ランディア大陸？」と答えた。

「ああ、たしかに似てるわね。というより、そのまま？」

「はい。おそらく語源は同じなのでしょう」

トモエは感慨深そうに頷いた。

「私たちは親や先生から、この大陸は『ランディア大陸』だと教わります。ですが、その語源は親も先生も知りません。しかしいま、魔ぞ……シーディアンの方々の話を聞くことで、私たちの大陸の語源が『陸地』であるということがわかったのです」

「真偽不明な情報は様々な解釈がまかり通ってしまいますからね。これまで政争や宣伝工作に使った国も多いことでしょう。そんな神秘のベールが一気に剝がされた形です」

「しかも、それが他にもまだまだありそうなのが怖いところよね。シーディアンの人々の知識と、こちら側の知識を摺り合わせることで、いろんなことがわかってきそうだわ。良い物、悪い物の区別なくね」

「「「な、なるほど……」」」

イチハとユリガの補足を聞いて、ナデンたちも感心したように頷いた。

王立アカデミー卒業組が驚いたのも納得だった。異文化コミュニケーションには言語の壁だけでなく、こういった問題まで付きまとってくるようだ。

ソーマにもしっかりと報告しなくてはならないだろうと、みんなで頷き合った。

「とりあえずこの場は、この人たちのことは『シーディアン』、自分たちのことを指すときは『ランディアン』ってことでいいんじゃない？　悪い言葉じゃないみたいだし」

ナデンがまとめるように言うと、みんな揃って頷いたのだった。

すると、そんなやり取りを見ていたガロガロが声を掛けてきた。

「〇〇〇〇、〇〇〇〇？」（訳：失礼する。さきほどからそちらのお嬢さんには、我々の言葉がわかっているようなのだが？）

「あ、はい。私の魔法は人や動物とコミュニケーションがとれるというものなので」

トモエがそう答えると、ガロガロは大きく目を見開いた。

「〇〇〇〇っ！　〇〇〇〇、〇〇〇〇？」（訳：なんと!?　そういえば、その狼(おおかみ)耳と尻尾は……お嬢さん、もしかして以前、コボルト族と会話したことがありませんか？）

他の人向けにポコが翻訳し終わる前に、今度はトモエが目を見開く番だった。

「はい。何年も前に、私たちの危機を救ってくれたコボルトの方がいました。……もしかして、お知り合いなのでしょうか？」

「〇〇〇〇、〇〇〇〇〇」（訳：やはり……お嬢さん、お願いがあります）

「お願い、ですか？」

トモエがコテンと首を傾げると、ガロガロは深く頷いた。

「〇〇〇〇、〇〇〇〇〇」（訳：はい。どうか我らの集落に来て、我らがバートルに会っていただきたいのです）

——トモエちゃんたちが城下へと向かったころ。

俺たちは浜に打ち上がった島形空母ソウリュウの一室に居た。

「……とまあ、いまの状況はそんな感じだろうか」

『『………』』

映像越しのリーシアとハクヤが、俺の報告を聞いて絶句していた。

俺とアイーシャとジュナさんは空母に積んであった宝珠で王都パルナムにいるリーシアと連絡を取り、これまでのことを報告した。ハクヤが居るのは、不測の事態に備えるためにユーフォリア王国から来てもらっていたからだ。

さすがにカルラのこととか、島形空母一隻を半壊させてしまったことなどを伝えるのは気が重かったけど、隠しておくわけにもいかないので正直に話した。

「……まあ、これほどの事態に遭遇して、ソウリュウ一隻が航行不能になることで陛下や艦隊を守られたと考えれば、損失としては最小限に抑えられたとも言えるでしょう」

リーシアより早く絶句から立ち直ったハクヤが言った。

すると、その言葉で我に返ったリーシアが、映像から飛び出してくるんじゃないかという勢いで宝珠に詰め寄ってきた。

「そんなことより！　カルラは無事なの!?」

「っ！　あ、ああ……」

リーシアの剣幕にたじろぎながら俺は頷いた。

「いま治療している。マオの話では命に別状はないらしい」

「そう……良かった……」

リーシアはホッとした様子を見せたあとで、すぐに首を横に振った。

「って、喜んでちゃダメよね。犠牲者だって出てるのに」

……そのとおりだ。カルラたちは助かった。

だけど、助からなかった将兵もいる。重症で済まなかった者たち……ビーム兵器によって消し飛ばされたり、海の底に沈んでいった者たちは助けられなかった。

自分たちに近しいカルラの生存だけで喜ぶなど許されることではなかった。

犠牲者のことは業として背負わなければならない。

「……今回のことは、完全に俺の失策だった。フウガの勢いに任せて、運命をアイツに委ねるという選択を行ってしまった。もっと上手くやれれば……これほどの被害を出さずに済んだかもしれないのに」

「ソーマ……」

「でも、後悔してる暇はない。これからのことを早急に決めなきゃいけないからな」

俺がそう言うとハクヤが「そのとおりです」と頷いた。

「これ以上、余計な軋轢を生む前に魔族のこと、フウガ殿たちへの対処など、考えなければならないことが多いです。悔やむのはそれらを決めた後にしてください」

「ああ、わかってる。……リーシア」

「なに？」

「帰ったら、俺のことを叱ってくれ」

俺が真面目な顔で言うと、リーシアはふっと表情を緩めた。

「わかったから。みんなで、無事に帰ってきなさいよね」

「……うん」

帰える家に迎えてくれる人がいるってだけで、ホッとした気分になった。

「ここ……ですか？」

城下街の北の外れ。トモエが尋ねるとガロガロは頷いた。

「はい。ここら一帯は我らコボルト族が居住している地区になります」

たしかに見回してみれば、家の前で立ち話をしている女性たちや、道を走り回る子供たちなどはみんな犬耳や犬尻尾をしていた。女性はそれに比べて露出している肌がサラサラとした毛で覆われているが、男性の場合はそれに加えて犬の顔をしている。

トモエやイヌガミなどを見慣れている王国チームは見た目で拒否感を抱くことは無かったが、犬や狼の獣人族とコボルト族の区別の難しさには困惑していた。

（シーディアンのコボルトと、ランディアンの犬科の獣人族との区別は難しい。概念的な問題を抜きにすれば、見分けることも困難……陛下が危惧していたのはこれですか）

イチハは内心でそんなことを思った。彼やユリガはソーマやハクヤから、いずれ魔族と接触したときに生じるであろう問題について詳しく教えられていた。魔族と獣人族とを明確に区別する方法がないということについてもだ。

「ガルルン・バートル！」

一軒の石積みの家の前に立ったガロガロが呼び掛けるように言った。

「○○○○、○○○○！」（訳：ご在宅でしょうか！　ルガルガの子ガロガロが、アナタに会わせたいお客人を連れてきましたぞ！）

すると中から渋い声が帰って来た。

「ガロガロ。□□□□、□□□□」（訳：ガロガロか。入ってきてくれて構わんぞ）

「〇〇〇〇、〇〇〇〇」（訳：それでは失礼します。さあ、お客人方も中へ）

ガロガロにそう促されて、トモエたち一行も中へと入った。

石積みの家の中はやや薄暗いが、ポッカリと空いた窓から差し込む光は柔らかだった。

そしてそんな日差しの中で揺り椅子に揺られている老コボルトの姿があった。

老人だとわかったのは顔の体毛を伸ばしっぱなしにしているため、目やアゴを覆い隠していたからだった。ソーマがここに居たら「まるでヨークシャーテリアかシーズーみたいだ」と感想を漏らしたことだろう。

そんな老コボルトが目に掛かる毛を手で持ち上げてガロガロたちを見た。

「□□□□、□□□□」（訳：今日はまた随分と大勢で来たな。嫁御だけではないのか？）

「えっ、嫁御って？」

ポコの翻訳を聞いたナデンが首を傾げると、ポコが恥ずかしそうに俯いた。

「その、実は私とガロガロさんは夫婦でして」

「えっ、そうだったの!?」

「△△△△、△△△△」（訳：なんらおかしなこともあるまい）

ナデンが驚きの声を上げると、ラビン・ゴアが腕組みをしながら言った。

「△△△△、△△△△」（訳：ポコは魔物に襲われたところを我らシーディアンの民によって保護された。そのようなランディアンはこのハーザルに多く暮らしている。そして我らがこの地に来てからもう二十年近くになる。夫婦となるものも出てこよう）

「でも、人類と……シーディアンは激しく戦ったって聞いたわ。虐殺や暴行も起こったって聞いてたけど」

「△△△△、△△△△」（訳：……そういった不心得者がいたことは否定しない。しかし、我らは我らでランディアンの暴威に曝されていたのだ。戦争だったのだからな）

「陛下の言っていた『魔物とシーディアンを同一視していた弊害』ですね」

イチハがまとめるように言った。

人類はシーディアンと魔物を同一視して、害獣退治のつもりでいたのに、いつの間にかシーディアンとの全面戦争になったのではという推論だ。

これまでのことを考えれば、魔物を相手にしている内にシーディアンにまで攻撃してしまい、マオの持つ超兵器によって壊滅させられたということなのだろう。

「△△△△、△△△△」（訳：たしかにランディアンを虐殺した者たちもいたが……そう言った不心得者は、戦後に我らの手で裁いたと明言しておく）

「……そうなのね。なんか……ごめんなさい」

「△△△△、△△△△」（訳：いや、貴殿が謝るようなことでは……）

ナデンもラビン・ゴアも互いに気まずそうな顔をしていた。

すると老コボルトのガルルンは窓のほうを見ながら呟いた。

「□□□□、□□□□□」（訳：生きるために必死だったとはいえ、それはランディアンの人々も同じ。我らは北の地にて踏みとどまるべきであったのだろうか。我らはただ、滅びの道を南にまで広げてしまったのではないだろうか）

「○○○、○○○○！」（訳：なにを言われるのですか！　バートルともあろう御方（おかた）が！　貴方様（あなた）はこれまで我らの先頭に立ち、今日まで生き延びられるよう導いてくれたではないですか！　貴方の偉業を、貴方自身で否定なさらないでください！）

　ガロガロが堪（たま）らずにそう叫んだ。

　するとユリガがポコにこっそりと耳打ちをした。

「さっきから気になってたんだけど、バートルって？」

「『英雄』……という意味だそうです。ガルルン・バートルはいまは引退されましたが、長いことコボルト族を導いてきた御方だそうです」

　するとガロガロはガルルンに胸を張るようにまっすぐ立った。

「○○○○、○○○○」（訳：それに貴方は決して不幸を広げただけではありません。貴方は以前『昔、狼の耳と尻尾を持つ者たちに危機を伝えた』と言っていたではないですか。魔物の襲来から、その人々を逃がしたのだと）

「□□□□、□□□□」（訳：……それとて、ただの自己満足にすぎんよ。最後まで面倒を見たわけでもないのだ。彼らが生き延びたかどうかもわからんのだ）

「バートル、○○○、○○○○！」（訳：バートルよ、胸を張っていいのです！　ここに居る狼(おおかみ)の耳と尻尾を持つ少女は、貴方が助けた者の一人なのですよ！　そして少女は一人のコボルトの言葉がわかったことによって救われたと言っています！）

　ガロガロはそう言うとトモエのことを指差した。

　それを聞いたガルルンは一瞬呆(ほう)けたような顔をしたが、やがてアングリと口を開き、長い毛の上からでもわかるくらい目を大きく見開いたのだった。

「□□□□、□□□□□」（訳：彼女が……私が危機を伝えたのはもっと小さな子だったはずだが……いや、それだけの時間が流れたということか……たしかに生きているならその子くらいになっていそうだが……）

「バートル。○○○○、○○○○○」（訳：バートルよ。この子こそ、貴方があの日、あのとき救った子です）

「□□□□、□□□□□」（訳：だが、なぜあの子がここにいる？　南に逃れたのではなかったのか？）

「○○○○、○○○○○」（訳：南から軍がやって来たということは聞いているでしょう。マオ様の仰(おつしや)っていた、扉を閉める権限を有する者が来てくれたのです。我らを苦しめたその扉はすでに閉められました。そして……彼女はその権限を有する者の義妹として、この地を訪れてくれたのです）

「……□□□□、□□□□？」（訳：……お嬢さん、こちらに来てもらえますかな？）

　ガルルンに手招きされて、トモエは歩み寄ると彼の前に膝を突いた。

そんなトモエの顔を座ったままのガルルンが両手で優しく包み込む。

「貴女(あなた)が、あのときのお嬢さんなのか？」

「はい」

「おお！　言葉がわかる。ならば間違いあるまい」

「はい。あのときは……私や、家族や、妖狼族(ようろうぞく)のみんなを救っていただきありがとうございます」

トモエは目に涙を浮かべながら、自分の顔に触れた毛深い手にそっと手を重ねた。

「ずっと……お礼が言いたかったのです。貴方のおかげで、私も家族も、みんなは元気です。貴方が助けてくれたから、私は義兄様(あにさま)たちとも出会えて、今日この日、ここに来ることができたのです」

ソーマの治政においてトモエの果たしてきた役割は大きい。

ライノサウルス・トレインのためのライノサウルスの生育環境の整備や、島形空母に積む飛竜(ワイバーン)たちの増産にも一役買っている。東方諸国連合でイチハを見出(みいだ)したのは彼女だし、ユリガもトモエがいなかったら王国に来ていたかどうかもわからない。

もしもトモエがいなかったら、フリードニア王国はいまほどの強国とはなれなかったかもしれない。ハーン大虎帝国と比肩する大国として、魔王領に辿(たど)り着くこともできなかったかもしれないのだ。もしトモエが王国にたどり着けなければ、この未来へはたどり着けなかったかもしれない。その一助になったのは間違いなくガルルンだった。

ガルルンは円らな瞳を潤ませながら「そうか……」と呟いた。

「私のしてきたことは無駄では無かったのだな」

「はい！　貴方のお陰で、私は元気です！」

トモエは差し込む光に負けないほどのニッコリ笑顔で頷いたのだった。

◇　◇　◇

「□□□□、□□□□□」（訳：ガッハッハッハ！　さあさあ、飲んでくだされお若いの！」

「あ、ああ……いただいてます）

街角にある酒場で、ハルバートはガルルンに肩を掴まれながら酒を勧められていた。

初めて会ったときはすっかり老け込んでいるように見えたガルルンだったが、トモエと再会したことにより生気を取り戻したのか、オーエンのようなガハハ爺さんに様変わりしていた。すっかり元気になり酒を浴びるように飲んでいる。

ガルルンはトモエと再会を祝して飲み明かしたかったようだが、トモエ、イチハ、ユリガはこのあと自分たちの王様（ソーマ）に報告しなければならないからと飲酒を断ったため、代わりにハルバートが捕まった形だった。

そんなハルバートをルビィが心配そうに見ていた。

「ね、ねぇ？　あれって大丈夫なわけ？」

ルビィはガロガロに尋ねたが、彼は目頭を押さえていた。

「〇〇〇〇、〇〇〇〇」（訳：長い苦難の果てに消沈していたバートルが、あのようにはしゃいでいる……ああ、今日はなんと素晴らしき日であろうか）

「うう……良かったですね、ガロガロさん」

奥さんのポコさんももらい泣きして、眦（まなじり）を袖で拭っていた。

ランディアンとシーディアンの間でだいぶ温度差ができていた。

そんなシーディアンの中で唯一冷静を保っているラビン・ゴアは、我関せずとお酒をチビチビと飲んでいた。そんなラビン・ゴアにナデンは眉根を寄せた。

「ねぇ、あの人たちほっといてもいいの？」

「△△△△、△△△△」（訳：コボルト族は激情家の種族だからな。……正直、ついていけないぞ）

「ああ、うん……気持ちはわかる」

「アハハ……でも、ポコさんは人間族ですよね？」

イチハが苦笑気味に尋ねると、涙ぐんでいたポコはコクリと頷いた。

「はい。もとは北の荒野の遊牧民族出身だったのですが、魔物の襲撃を受けて家族や部族の方々とはぐれてしまい……さまよい歩き、魔物に襲われそうになったところをガロガロさんたちに助けていただいたのです。みんな無事だと良いのですが……」

ポコが淋（さび）しげに顔を伏せた。そんなポコの肩にガロガロが気遣わしげに手を置く。

二人は互いを気遣う良い夫婦関係を築いているようだ。

と、そこでトモエはあることに気が付いた。

「ポコさんの褐色肌ってジルコマさんやコマインさんに似てますよね？　もしかして同じ部族出身だったりしますか？」

「っ！　族長たちをご存じなのですか!?」

トモエの言葉にポコは身を乗り出した。

トモエはその剣幕に気圧（けお）されながらもコクコクと頷いた。

「はい。お二人は南に逃れる難民たちを指揮して、フリードニア王国……当時のエルフリーデン王国にまで辿り着きました。私もそんな難民団の一人で、お二人にはとてもお世話になりました。……そのお二人が族長ということは？」

「はい。私はジルコマ様たちの部族出身です。あの、その難民団にはお二人の他に褐色肌の人たちはいたのでしょうか？」

「えっと……難民団はかなりの大所帯だったのでどれくらいだったかはわかりませんが、それなりの人数はいたと思います」

トモエがそう言うと、ポコはホッとした表情を見せた。

「そうなのですね……みんなは無事に南に逃れることができたんだ……」

「○○○○、○○○○○」（訳：良かったな。ポコ）

「はい！」

祝福するガロガロにポコは笑顔で返事をした。

不意に判明した良い報せに少し穏やかになった空気の中で、イチハが口を開いた。

「僕たちは陛下から南の世界のことや、シーディアンの人々の暮らしを調べてくるよう言われていいます。無理のない範囲で良いので教えてはもらえませんか？」

「まず気になるのはシーディアンがこの都市に居るだけしかいないのかってことよね？」

ユリガがそう言うとガロガロは首を横に振った。

「○○○○、○○○○」（訳：それは我々にもわかりません。ここまで辿り着くことができたのは我々だけ……というだけですので）

「？　それはどういう意味ですか？」

「△△△△、△△△△」（訳：我々のいた北の世界は海と島々の世界だと言ったろう）

ガロガロに代わってラビン・ゴアが答えた。

「△△△△、△△△△」（訳：我らの居た世界は百を超える大中の島、数えきれぬほどの小島が海に散らばり、あるいは密集するような土地だったのだ。目の前の海が川かどうかもわからない土地もあれば、大きく開けた海も見える、そんな世界だ）

「こちら側で言う九頭龍諸島みたいな感じかしらね」

「うん」

ユリガの推測にトモエも頷いた。

「△△△△、△△△△」（訳：我々はやまない魔物の襲撃から、島々を経由しながら逃げてきたのだ。すべての島のシーディアンの動向を知る術もない。もしかしたら取り残されて立て籠もっているシーディアンもいるかもしれないし、運が良ければ魔物の襲撃を免れている島もあるかもしれない）

「ある意味、難民に近い存在ってわけね。ここにいるシーディアンたちも」

ユリガの言葉に、イチハも「そうだね」と頷いた。

「この都市での生活についてはどうでしょう？　自給自足できているのですか？」

「○○○○、○○○○」（訳：マオ様のおかげで、この都市内には作物を作る環境が整っている。そこで栽培したものと家畜、それと襲撃してくる魔物で食べられそうなものを食べている感じだ）

「イチハの魔識法みたいなのがなくても食べられる魔物がわかるの？　それとも、どんな魔物の肉でも食べられるほどシーディアンの胃袋って丈夫なわけ？」

ユリガの問いかけに、ラビン・ゴアは呆（あき）れたように肩をすくめて見せた。

「△△△△、△△△△」（訳：我らがどれほど長い間、魔物と向き合い、戦ってきたと思っているのだ。食べられそうな魔物、食べられない魔物の見分けくらい簡単につくぞ）

「きっと、僕らの世界とは経験の蓄積量が違うんでしょうね」

イチハが感慨深そうに言った。

「僕らがダンジョン以外で魔物の脅威にさらされるようになったのは、魔王領が出現した十数年前の出来事です。ですが、シーディアンの人々にとってはそれよりもはるかに昔から続いていることなのでしょう。親から子へ、師から弟子へと知識と経験は継承され、自然とその精度は高まってくる。つまり……」

「場数が違う……ってことね」

ユリガが納得したように言った。きっとシーディアンはすでに経験として、魔識法による識別を体得しているのだろう。ラビン・ゴアは不敵に笑った。

「△△△△、△△△△」（訳：魔物は脅威ではあったが、狩猟は血湧き肉躍るものだったな。まだ見ぬ個体と遭遇し、戦って苦労の末に倒し、残された死骸の利用法を考えたりしてな。まあ……被害がデカい場合はそうも言ってられないがな。戦う力を持つ者はそれでいいとしても、戦えない者たちは常に危険に晒され続けるわけだし）

「えっ……それって……」

ユリガが一瞬、なにやら引っ掛かりを憶えたような顔をした。

「ユリガちゃん？」

トモエが尋ねようとしたとき、イチハがガロガロに言った。

「これは確認しておきたいことなのですが、シーディアンの方々は北の世界へ帰りたいのですか？　それともこの地に定住したいのですか？」

「○○○○、○○○○」（訳：帰れるものならば帰りたい。北の世界は我らにとっての故郷なのだからな）

「△△△△、△△△△」（訳：しかし、いま帰ったとしても魔物が跋扈していては蹂躙さ

れた土地を復興することも難しいだろう。情けないことだがな）

話を引き取ったラビン・ゴアが自嘲気味に笑った。

「△△△△、△△△△△」（訳：そなたらの王によってあの忌々しい扉が閉じられたというのなら、このハーザルの民もしばらくは安らぎを得られるだろう。我らに残されたこの唯一の都市を奪おうというランディアンが現れなければだがな）

「ああ……そうね。そうなるわよね」

ユリガが苦虫を噛み潰したような顔をした。

実兄のことを思い出したのだろう。フウガがなおも継戦を望むなら、ようやく見えてきたランディアンとシーディアンの和解の道も遠のくだろう。

するとユリガはしばらくして長い息を吐いた。

「……こうなるともう、お兄様と私の頼れる旦那様との交渉に期待するしかないわね。もちろん私も和解に向けて協力するつもりだけど」

「ユリガちゃん……」

ユリガがそう言うと、ナデンが少しムッとした顔をした。

「志は買うけど……私の旦那様でもあるんだからね」

私の、と言う言葉が不興を買ったと理解したユリガは慌てて首を縦に振った。

「わ、わかってますって、ナデン様」

「なら良し」

二人のそんなやりとりに、その場に居た者たちはクスクスと笑った。

沈みかけていた空気が軽くなるのを感じる。ただし……。

「□□□□、□□□□□」（訳：酒だぁ！　蔵を空っぽにするくらい飲むぞぉ！）

「無茶すんなよ爺さん！　ああもう、誰か止めるの手伝ってくれ！」

「「……」」

そんな空気などお構いなしに、すっかりできあがっている人物もいた。ハルバートの悲哀に満ちた嘆きを聞きながら、みんな顔を見合わせて苦笑したのだった。

# 第十二章 ✦ 血族

「ランディアンとシーディアン……か」

マオの居城内に用意してもらった仕事部屋。

そこで俺はユリガが持って来たイチハの報告書を読みながらこめかみを叩いた。

魔族の呼称問題については一先ず『シーディアン』と呼ぶということでいいだろう。

シーディアンの中には故郷への帰還を望む者もいれば、安息できる暮らしを望む者もいるという。ジルコマとコマインが率いていた難民団と似たような感じだ。

実際、ハーザルにいるシーディアンたちはやってきた経緯を考えれば難民と似たようなものだ。だとすると、対処もあのときと同じになるだろう。

あくまでも故郷への復帰を考えるなら追い出す。

こちらの世界への帰属を望むなら受け入れる。

ただあのときと違うのは追い出す先が魔物の蔓延る危険地帯なため、そう簡単に出て行けとも言えない状況だった。彼らの手勢だけで北に戻るなど自殺行為だしな。

だから出て行きたくても出て行けないし、無理矢理出て行かせようとしたらこのハーザルに立て籠もられるかもしれない。

シーディアンとの緊張状態はまだまだ続くことになる。

せめてこちら側で帰還事業を支援できる態勢が整うまで、選択を突きつけるのを先延ばしにするなどしたいところだけど……それには厄介な問題がある。

「フウガをどう説得するかだよなぁ……」

フウガは振り上げた拳の落とし所を求めていることだろう。

魔王領完全解放という目標を掲げて軍を興したのだから、それに見合った成果・実績を求めるはずだ。それが手に入るまでは、シーディアン側の事情など考慮できないだろう。

ただでさえ、この戦争をどう収めるかに頭を悩ませていたのに……。

「あの……ごめんなさい」

思わず出た溜息に、傍にいたユリガが謝ってきた。

「あ、悪い。ユリガを責めたいわけじゃないんだ」

「でも、お兄様のことだから」

「……フウガも、問題の主眼が変わったことを認識してくれるといいんだけどな」

たしかに北のゲートは閉じられた。

しかし北半球の状況が改善されたわけではない。

いつなんどき、北と南の世界をわける壁が壊れて、北側から魔物が大挙して押し寄せないともかぎらないのだ。すでに事態は、南側の世界だけでどうこうできる問題では無くなっているのだ。するとユリガが口に手を当てて、なにか考え込んでいた。

「そう……問題が変わってる。だから、もしかしたら兄様も……」

「ん？　どうかした？」

「ううん。なんでもないわ」

ユリガが首を横に振った。なんなんだ？

まあ、ともかくだ。俺はもう一度溜息を吐きながら天井を見上げた。

「マオ殿。聴いていたら来てくれ」

『どうかなさいましたか？』

「うわっと!?」

いきなり目の前にマオが出現し、ユリガが仰け反った。

彼女は映像であり、データであり、この城そのものでもある。

城内で起きていることは常時把握しているのだろう。

「マオ殿の不具合は修正されたのだろう？　あとはマオ殿とシーディアンだけで北への復興事業は行えないのだろうか？」

そう尋ねると、マオは申し訳なさそうに首を横に振った。

『すみません。ソーマ様のご助力であのゲートを閉じることと、新たなダンジョンを生成する機能を停止することはできましたが、長い時間の中で……言ってしまえば老朽化によって起きた不具合なので、いつまた未知の危険な事態を引き起こすか私自身もわからないのです。いっそ私を停止させてもらえば早いのですが、それは我が子らを見捨てることになるので……いましばらくは健在でなくてはならないのです』

まあ都市の維持にもマオの力が使われているみたいだし、ジャンガルのような防衛機能を持った兵器も使えなくなるとなれば、シーディアンたちが生きていくのは難しいか。

シーディアンたちのために自らを壊そうとしたことがあるマオだけど、いまとなってはその選択もとれないだろう。

（それに……なまじ女の子の姿を持っていて、こうして悩むような素振りを見せられると、どうしても同情的になってしまうよなぁ）

不具合を起こし、人に危害を与えるような機械ならば破棄した方が良い。

しかし映像とは言え人の姿で人のように悩まれると、簡単に破棄すればいいとは言えなくなる。こういう感情を呼び起こさせるためにマオの製作者たちは、彼女にＤＩＶＡロイドの姿を与えたのだろうか。

アトムやドラえもんに命や意思はあるのか、機械のために人間が命を掛けて守るのは正しいのか……そんなＳＦ的な問いを突きつけられる日が来るとは思わなかった。

するとマオは真っ直ぐに俺の顔を見た。

『ですが一番問題となった不具合が解消されたことで、時間的な猶予を得ることができました。それにソーマ様の音声と遺伝子データは採取させていただきましたので、機能停止の権限のみならば、ソーマ様の遺伝子をある程度有する方に与えることができます』

「それって……まさか、シアンたちのことか!?」

『はい。数親等を越えない子孫の方々なら私の機能を制限できるでしょう』

……マジかよ。俺だけじゃなく、シアン、カズハ、エンジュ、レオン、カイト、それにまだ生まれてきてない子や、孫、ひ孫まで巻き込まれかねないってことか。

「もし、南の各国が北半球へ乗り出すことを考えるなら、ソーマさんの子孫はほしいと思うでしょうね。本人じゃなくても、子供は欲しがるだろうし」

「冗談じゃないぞ、まったく」

ユリガの分析に俺は頭を抱えた。

九頭龍(くずりゅう)王国とはシアンとシャラン姫が婚約してるからいいとして、共和国元首のクーもいずれ縁戚関係を結びたいとは言ってきているから、向こうに子供が生まれたら考えるつもりだった。ユーフォリア王国はマリアが嫁いできているから、子供が生まれればそれでいいだろうけど……問題は他の国だ。

竜騎士王国や精霊王国は友誼(ゆうぎ)や貸しがあるから良いとして、ルナリア正教皇国あたりが子供たちを狙ってくると厄介だ。

なにより……俺はユリガを見た。

それだけでなにを言いたいのか察した様子のユリガは、ポリポリと頬を掻(か)いた。

「まあ、お兄様たちは早く子供を作れって言ってくるでしょうね」

……だろうなぁ。一番問題になりそうなのがハーン大虎帝国だ。

もしフウガが北半球に興味を持てば、絶対に俺の子孫を欲しがるだろう。

ユリガとの間に子供ができればその子を自分の庇護(ひご)下に欲しがるだろうし、子供を作らなければ他の子が狙われるかもしれない。

どっちにしても厄介極まりないことになるだろう。

「勘弁してほしいなぁ……」

「してくれないと思う。私も、いまの話を聞いて子供作ろうかなって思ったし」

「なっ!?」

驚いてユリガを見ると、ユリガは肩をすくめて見せた。

「私はいまだってお兄様の夢を応援してるもの。もしもお兄様が負けたときに命乞いするためにソーマさんに嫁ぐって言ったけど……もし、お兄様の興味が大陸統一でなく、北半球に向くというのなら……そのために、ソーマさんとの子供が必要だって言うなら協力したいと思う。結果的にフリードニア王国のことも守れるし」

凄い割り切り方だった。なんというか、こういうところリーシアに似てるよな。

「でも、そんな急な方針転換……家臣や国民たちが許すのか？」

「……そこなのよねぇ」

ユリガもわかっているようで溜息を吐いた。

フウガの野望である魔王領完全解放の先にあるのは、人類国家の統一という誰も成し遂げたことのない偉業だろう。フウガはこれまでそれを目指してきただろうし、配下も国民たちもフウガならばいつか成し遂げるのではないかと期待しているはずだ。

それを北半球が見つかったからそっちへ行きますと言い出したら、期待していた者たちはどう思うだろうか。期待を裏切られたと思わないだろうか？

そのときフウガは広大な帝国を支えているカリスマ性を失わずにいられるだろうか？

するとユリガは腕組みをしながら唸った。

「う～ん……すぐには方針転換しないと思うけど、欲しいか欲しくないかは別問題だと思う。もしかしたら南の大陸統一後、北に乗り出すためにソーマさんの子孫を確保しておきたい、私との子供ならハーン家の血も入るから尚良し、って考えるかも」

「あー……なんか納得できるわ」

アイツの野望は良くも悪くも遠大だからな。

最終的なゴール地点を定めてしまって、そこに向かって遮二無二突っ走る。

途中でコケることなど考えない。

もしコケたら、自分はそれまでの存在だったのだと勝手に納得してしまう。そのあとさき考えない姿勢こそが、フウガを英雄たらしめている原動力なのだから。

（「……トモエに頼んでローテーションに組み込んでもらおうかな。体調とか知られちゃうのは恥ずかしいけど、そうも言っていられないし……」）

ユリガが小声でブツブツと呟いていたけど、やぶ蛇になりそうなので放置する。

この件に関しては帰ったら家族会議だな。

……なんか厄介なお土産ばかり増えていってないか？

頭を抱えていたそのときだった。

『ソーマ様。負傷者の治療が完了いたしました』

それまでの話の流れなど関係なく、マオがそう報告してきた。

まるで全自動の給湯機が『お風呂が沸きました』と知らせるくらいの軽さだった……って、負傷者だって!?

「そうだ！　カルラたちはどうなった!?」

『治療は完了しています。ただし急速な回復は体力を必要とするため、目を覚ますには少し時間がかかるでしょう。別室に寝かせておきます』

「無事なんだな!?……良かった」

椅子の背にもたれると、ユリガが俺の両肩に手を置いて支えてくれた。ちょうどそのとき、ジュナさんが部屋に入ってきて海軍式の脇を締めた敬礼をした。

「陛下。ただいま大母様(おおかかさま)の艦隊が到着しました」

「……来たか」

エクセルが来たということはカストールも一緒だろう。

水槽の中で治療中の娘を見せずに済んだことを思うと、タイミング的には良かったのかもしれない。とはいえ、カルラは俺のせいで生死の境を彷徨(さまよ)うことになり、俺はそんな彼女に命を助けられたのだ。

彼女の父親からの怒りも恨み言も全部受け止めるつもりだ。むしろ一発殴ってくれたほうが気が楽になるけど……あっ、本気で殴られたら死ぬので加減はしてほしい。

でも、恨み言や泣き言をいいたいのに、俺が国王で主君だからとグッと我慢されるのが一番キツいんだ。自分ではどうしようもなかったことだったとしてもだ。

（はあ……気が重いなぁ）

リーシアのお説教が恋しかった。

俺たちは合流したカストールとエクセルと共に、カルラが寝かされていた病室へと急いだ。すでにカストールにも彼女のことは話してある。

事情を聴いたカストールは一瞬青ざめたが、現在は治療中で命に別状がないことを伝えられるとホッとしていた。判断の甘さを謝る俺に対しても、

『いえ……身を挺して主君を守ったのなら、武家に生まれた者として誉れでしょう』

と、そう言うだけだった。とはいえ、心配なものは心配だったのだろう。

それは病室へと向かう足の速さにも顕れていた。

「カルラ！　無事か！」

「ち、父上？」

カストールが病室に駆け込むと、ベッドから上半身を起こしたカルラがキョトンとした顔でこっちを見ていた。いまのカルラはあの赤い鎧は着ておらず、俺が前に居た世界の入院着のような服を身につけていた。

カストールはカルラの肩を摑んで揺すった。

「大丈夫なのか⁉　ど、どこか痛むとこはないか⁉」

「いやあの、いま父上に摑まれてる肩が痛いですけど」

「っ！　す、すまん」

カストールが慌てて手を離すと、カルラはコホンと咳払いをした。

そしてグルグルと両腕を回してみせる。

「大丈夫です。全身に疲れる感じがありますが、どこも痛いところはありません」

「そうか！……良かったぁ」

脱力したようにその場に膝を突くカストール。

気丈に振る舞っていてもそれだけ心配していたのだ。

そんなカストールの姿に、カルラのほうが「ち、父上⁉」と慌てていた。

カストールが落ちついたところで俺とエクセルが歩み寄った。

「カルラ……助かって、本当に良かった」

「陛下！　それに大母様も！」

カルラは俺たちの姿を見て目を丸くすると、心底ホッとしたような顔をした。

「良かった。みんな無事だったのですね。あの巨人に撃たれたあとの記憶は曖昧で……」

「ああ。カルラのおかげで助かったよ。本当に……ありがとう」

「貴女の献身が多くの者の命を救ったのです。祖母として貴女を誇りに思います」

「そ、そんな、もったいないお言葉です」

俺とエクセルの言葉にカルラは慌てたように首を振ったけど、俺たちの言葉になんの誇張も無かった。カルラが居なければ俺は死んでいたかもしれないし、俺が死んでいたらシーディアンとも上手く停戦できなかっただろう。

カルラという存在が、現在に大きな影響を与えたことは疑いようもなかった。

「それと……すまなかった」

俺はカルラに向かって深々と頭を下げた。

「俺の判断の甘さで、出さなくて良い犠牲を出し、カルラの命も危険に晒すことになってしまった。本当にすまない」

「へ、陛下、頭を上げてください！　庇ったのは私が勝手にやったことですから！」

カルラは慌てた様子で手をブンブンと振ると、ふうと一息吐いた。

「それに、もっと上手くやれたのではないかと思ってるくらいなんです。一回は陛下を助けられましたが、そのときに私は意識を失ってしまい、結局事態が収束するまでの間なにもできませんでした。折角シアン王子が危険を知らせてくれていたというのに」

「そのシアンのことだけど、カルラが俺を咄嗟に庇えたのってやっぱり……」

「はい。シアン王子が『陛下が帰って来られなくなる』と言っていて、なにかあるのではないかと注視していたからです」

カルラはリーシアたちと共に子供たちの面倒を見てくれている。

やらねばならない仕事が多いため、育児ばかりに時間を割けない俺たちよりも、子供たちと接している時間は長いかもしれない。そんなカルラだからこそ、どうやらシアンには近い未来に起こる危険を察知する能力があるようだと気付いたようだ。

だから俺よりもずっとシアンの警告を重く受け止めていたということらしい。

「……まいったな。俺はカルラとシアンに救われたのか」

「もったいないお言葉ですが、私の場合はそれが使命ですので」

そう言ってカルラは王家に従う証である『隷属の首輪』に触れようとした。

「？　あれ？」

しかし、そこには首輪はなく、カルラは困惑しているようだった。

「あー、『隷属の首輪』なら外れてるぞ。アレは奴隷身分が解消されないかぎり〝死ぬまで外れない〟って代物だからな。逆に言えば〝死んだら外れる〟わけだ。……カルラは一回心停止しているからな。そのときに外れたのだろう」

「……私って、そんなに危険な状態だったんですね」

あらためて自分が瀕死の状態だったことを突きつけられ、さすがのカルラも青くなっていた。そんなカルラの様子に苦笑しながら俺は彼女に言った。

「ミオの一件からカーマイン家との友誼に殉じたバルガス家には減刑できる余地がある。俺としても命の恩人であるカルラを再び奴隷身分には落としたくないからな、晴れて解放ということでいいだろう」

「あ、いえ、でも……私にはいざというとき陛下を止めるという役割が……」

「べつに隷属身分じゃなくてもできるだろう？　まあ空軍やカストールの所属に戻りたいというのなら考慮するが」

　俺がそう言うと、カルラは首を横に振った。

「いえ、シアン王子たちのことも気になりますし、しばらくは王城で働かせてください。私の寿命は長いので、多少の寄り道しても問題はありませんから」

「うん。そうしてもらえると俺もリーシアも助かるよ」

「はい！」

　するとエクセルがポンと扇子を叩いた。

「さて陛下。和やかな空気に水を差すようで恐縮ですが……カルラが目覚めたと言うことは他のケガ人たちの治療も完了したと言うことです。我が軍の兵士たちも……そして、大虎帝国の兵士たちもです」

「……フウガから預かっている負傷者を返却するってことか」

　俺が真顔になって言うと、エクセルは頷いた。

「はい。そして魔族……いえ、シーディアンとの戦いの幕を引かねばなりません」

「ああ、お互いの事情が判明したのだから、これ以上、ランディアンとシーディアンで争う意味もない。……そのことをフウガにわかってもらうのは骨が折れそうだ」

「ですが、為さねば泥沼が続くだけです」

「わかってる。……マオ殿」

『お呼びでしょうか？』

呼び掛けると、目の前にマオがスッと姿を現した。カストールとカルラは面食らっていたが、エクセルはさすが年の功というか動じた様子は見せなかった。

「マオ殿。そういえばティアマト殿はどうしているんだ？　ここに来た日から姿を見ていないけど」

『〝私の中枢部〟で私を見張っています。貴方(あなた)に危害を加えないように』

「私に御用でしょうか？　ソーマ殿」

「うわっと!?」

マオに続いていきなり現れた人の姿のティアマト殿にビックリして仰(の)け反った。

マオもティアマト殿も、転移できるからってわざとやってるんじゃないかと思うほどの神出鬼没っぷりだ。カストールとカルラはもう開いた口が塞がらないといった感じだし、エクセルも動揺しているのか口元を隠していた扇子が震えていた。

「話には聞いていますが魔王と目されていた存在に、星竜連峰の聖母竜(マザードラゴン)様ですか……。この顔ぶれには私でも気後れしてしまいますね。長く生きてみるものです」

エクセルはそう言ったけど、多分この二人はエクセルさえ赤ん坊に見えるくらいの悠久の時を過ごしてきた存在だからな。太刀打ちできるわけもない。

ともかく、ティアマト殿が来てくれたので用件を話そう。

「ティアマト殿。フウガ配下の傷兵の治療が終わったようなので、フウガたちのもとへ転送してもらえないでしょうか？」

「わかりました。いますぐに行いますか？」

「あ、いえ。兵士の一人にフウガへの言伝を頼むので、それからで」

俺がそう言うとティアマト殿は頷き、フッと姿を消した。

立場上あまり俺たちばかりに肩入れすることもできないのだろう。

するとエクセルが眉根を寄せた。

「言伝と言うことは、フウガ殿と会談を行うのですね」

「ああ。さっきも言ったとおり、落とし所を探らなければならない。ここでアイツに好き勝手されたら、シーディアンとの和解の道が閉ざされるかもしれない」

今回の戦いで出た損害は、選択をアイツに委ねてしまったことから起きたことだ。もう二度と同じ轍を踏まないように、自分たち自身で選択しなくてはならない。

するとエクセルは小さく溜息を吐いた。

「厄介な御仁ですね。北の果ての扉とやらは閉じたとしても、北の世界には魔物たちがウヨウヨしているのでしょう？　いつ何時、再び扉が開くかもわからないというときに、南の世界で覇を唱える野望を持った御仁は邪魔でしかありません」

「そうだな……。でも、マオたちと接触したことで、俺はようやくフウガの時代を終わらせ、アイツに勝つための道筋が見えたよ」

俺がそう言うと、エクセルが目を丸くしていた。

「これは珍しいですね。戦略や戦術は私やハクヤ殿に頼っていた陛下が、自分の口から勝利を語られるというのは」

「ああ。だってこれは戦略や戦術の話じゃないからな」

戦略や戦術よりもっと大きく、根幹に関わる部分。乱世に戦略や戦術に優れた者が生き残るなら、その乱世そのものを終わらせてしまえばいい。

そんなパラダイムシフトを起こすための鍵を、俺たちはすでに手に入れている。

（それでも一度は、フウガとぶつかることになるだろうけどな……）

そのときに生じる被害や犠牲を思うと気が重くなるけど……それを考えるのはあとだ。

いまは次の段階へと進むため、この状況を収めてしまわないと。

# エピローグ ◆ 避けられぬ戦いを前に

――フウガへの負傷兵の返還から一日が過ぎた。


この日、俺とフウガは放送越しに向かい合っていた。

まずはフウガにこれまでのことを要点を抜き出しつつ説明した。

「……ということだ」

『魔族と停戦して、異界の門とやらを封じた……と？』

「魔族ではなくシーディアンだ」

シーディアンと戦闘に突入しかなりの被害を出したが、戦いの最中に相互に行き違いがあったことに気づき停戦。その後、魔王ディバルロイだと言われていたシーディアンの代表者マオを会談し、お互いの情報を交換する。

そして魔族と思われていた者たちは、北の海を越えてきたシーディアンと呼ばれる者たちで、彼らもまた魔物の襲撃に苦しめられている存在だった。

そこで俺とマオは協力して魔物が出てくる異界の門を塞ぐことに成功した。

これで十年に一度の魔浪（まなみ）の発生は抑えられたが、門を塞いだとはいえ、門の向こう側でありシーディアンの故郷である北の世界には魔物が蔓延（はびこ）っている。

いつなんどきまた門が開き、魔物が溢れ出さないともかぎらない。

時間的な猶予はできたが、依然として対処しなければならない問題だ。

……と言ったことをだ。語ったことに嘘は含まれていない。

ただし門を閉めるなどマオの制御に関する権限を、俺と俺の子供たちが有しているということは伏せた。この情報は火種になりかねないからな。

それとこの星の成り立ちについても説明すると長くなるので省いた。理解させられるかもわからないし、理解させたところでその内容を証明するのも難しいからな。

『そのシーディアンたちがいた北の世界っていうのは、北の海を越えた先にあるのか？』

フウガに尋ねられて、俺は頷いた。

「ああ。こちらの世界の地図では未踏領域になっているだろう？」

『そうだな』

「大陸北部から北の果てへ向かっても、いつの間にか逆方向に進んでもとの場所へと戻ってしまうと聞く。納得しづらいなら神か精霊が張った結界のようなものだと思ってもらえればいい。それがあるせいでこれまで北と南の世界は行き来ができなかったんだが、そこに空いてしまったのが異界の門というわけだ」

『ふむ……納得しづらい部分はあるが、あの巨大な絡繰り兵器も見ているしな。異なる世界から来たお前という存在も居るし、北に未知の世界があるというのも受け入れざるを得ないだろう。そしてその危険な世界は依然として存在している……と』

「そういうことだ。もうシーディアンとの戦争を継続する意味もない。彼らは北の世界から逃れてきただけの難民のようなものだ。もともと無知と誤解によって火蓋を切ってしまった戦争だ。ここで和解して、共同で北の世界の問題に着手すべきだと考えている」

『だから停戦した……と？』

フウガが厳しい視線をこちらに向けている。

『それで国民たちが納得すると思っているのか？　すでに魔王領には魔王がいて、その下に魔族がいて、魔物たちを操っているという認識がこの大陸に住む人々に根付いている。振り上げた拳をそう簡単に下ろせると思っているのか？』

「納得させなければならないだろう。少しずつでも誤解を解いて和解していかなければ、二つの世界の間での戦争になる。北の世界は魔物が蔓延る不安定な状態なんだ。マオやシーディアンたちの協力がなければとてもじゃないが解決はできない」

『今回の遠征で我が軍には多数の死傷者が出ている。ケガ人を治療してくれたことは感謝するが、だからといって停戦しましょうと言われて納得できると思うのか？』

「こっちだって多数の死傷者が出てるし、虎の子の空母を一隻大破させられたさ。それでも、ここで止めないとより被害が広がることになる。そもそも人類連合軍を率いて先に攻めかかったのは、こちら側だという負い目もある」

『せめて魔王の首ぐらいないと、人々を納得させられないと思うが？』

「……とれるのか？　お前に」

『？　どういう意味だ？』

「マオ殿。出てきてくれ」

怪訝な顔をするフウガの前で、俺はマオを呼んだ。

すると一瞬にして俺の隣にマオの姿が現れた。

突然のことに、フウガは目を丸くしていた。

「フウガ。彼女ＤＩＶＡロイド『ＭＡＯ』。マオ殿だ。魔王ディバルロイという呼称は彼女の名前を耳にしただけにすぎない」

『そいつが噂に聞いた……ディバルロイ、なのか？』

「ＤＩＶＡロイドな……まあ俺たち側の認識で言えば、それは種族名みたいなものでマオというのが名前だ。彼女の首を取って晒して、魔王を討ち取りましたって言って納得させられると思うのか？」

『……………』

フウガが言葉に窮していた。

彼女は擬人化された音声読み上げソフトであり、その見た目は端的に言えば『萌えキャラ』だ。人類側がこれまでイメージしてきた魔王の姿とはかけ離れている。

萌えキャラである彼女の首を晒したところで、英雄フウガの正気を疑われるか、ドン引きされるだけだろう。

「それに、彼女の首を晒すことなどどうやってもできないだろう」

俺は彼女の背中を叩(たた)くように腕を振ると、俺の手はなんの感触もないまま彼女の身体(からだ)を通過した。フウガはまたも大きく目を見開いていた。

『なんだ？　どうなっている？』

「彼女は映像だけの存在……そうだな、精霊か幽霊のような存在だと思ってくれればいい。それでいてすべてのシーディアンから母として崇拝されている、こっちの世界で言えばティアマト殿のような存在だ。そんな相手の首を物理的にも、政治的にもとることなんてできないだろう？」

『面倒なことだ……人々は成果を求めているんだぞ』

冷めた目で見られたけど、俺は肩をすくめて見せた。

「成果ならあるだろ。シーディアンと和解したことで異界の門を閉めることができたんだ。マオたちと接触できたのも、フウガがシーディアンの注意を半分引きつけておいてくれたおかげだ。おかげで一先(ひとま)ずは、魔浪(まなみ)の脅威から解放されたんだ」

『……手柄を譲ると？』

「事実を言ったまでだ。……巻き込まれた結果として多くの犠牲が出たことは遺憾に思うけど、フウガが軍を興さなければいまの成果は得られなかっただろう」

『シーディアンたちはどうする？　海洋同盟に組み込むのか？』

「……まあ、それも考えたけどな」

それをするとフウガのお株を奪うことになり、フウガの支持する人々の反感を買うことになる。ハクヤとも協議した結果、やめておいた方が良いという判断になった。

「それよりは大虎帝国と海洋同盟それぞれから監視の人員を派遣して、半ば独立勢力として扱ったほうが良いだろう。先にも言ったとおり、今後のことを思えばマオたちの協力は必要不可欠だ。もともとこの地域は荒寥とした砂漠地帯で人も住んでいなかったんだ。北の世界からの移民として認め、あとは交流・交易など好きにすればいい」

『私たちは魔物と戦いながら逃れてきたため、豊かではありませんが、この大陸の北部地域に残った魔物たちの掃討に協力します』

『う〜む……』

マオの言葉にフウガが唸った。

拡がった大虎帝国を安定化させるためには、北に残っている魔物たちが妨げになる。

その対魔物戦にシーディアンが戦力を提供してくれるというのは、フウガにとっても悪い話ではないはずだ。するとフウガが探るような目で俺のほうを見てきた。

『シーディアンは一都市しか有していないのだろう？　さっさと攻め落として降伏させたほうが早いんじゃないのか？』

「その場合、海洋同盟は手を引かせてもらう。フウガたちのほうにも超兵器が現れたらしいが、こちらの空母を一撃で沈めた『鋼鉄の巨人』が健在だ。もはや星竜連峰や竜騎士王国の助力も得られない中、お前たちだけでアレと戦うつもりなら好きにしてくれ」

『……勝てなくはないが、被害は甚大だろうなぁ』

フウガは少し考える素振りを見せたあと……やがて頷いた。

『わかった。停戦は受け入れよう。ただし今回の成果を国民に向けて発表する際の文面は、こちらと擂り合わせしてもらう』

大虎帝国か海洋同盟、どちらか一勢力の手柄にしないように釘を刺してきたか。

「……わかった。ハクヤとハシムで話し合わせよう」

『おう。……ところで、ソーマ？』

「ん？　なんだ？」

『その北の世界ってのは広いのか？』

フウガの問いかけに、俺はマオのほうを見た。マオはコクリと頷いた。

『はい。こちらのような大きな大陸は存在せず、島ばかりですが、海も含めれば南の世界と同じだけの広さがあります』

『ふむ。人類未到の地か。興味あるな』

フウガがギラギラとした目をして言った。

まあ言うなればフロンティアだしな。フウガが好きそうな話題ではある。

このままフウガの関心がこの大陸から北の世界へと向いてくれるなら御の字なんだけど……まあ無理な話だろうな。

歩んできた覇道をいまさら投げ出すことなど、彼の国民たちが許さない。

そして必ず答えを出すことを求める。

この『フウガの時代』の結末はいかなるものであるのか、という答えを。

それはフウガも感じているはずだ。

『北の前に、まずは〝南〟をまとめないとな』

俺の目を見つめながらフウガは言う。……まあ、そうなるよな。

「お前が協調路線に切り替えてくれるなら、明日にでも南はまとまるんだけどな」

『カッカッカ！　そういう楽な道を選ぶような男なら、ここまで来れなかったさ。俺はただ、俺を信じるヤツらに背を押されるがままに、駆け抜けるだけだ。この大陸の意思が一統させるのか。そうじゃないのか。時代がどう答えを出すのか、そろそろハッキリさせるときだろうな』

「「「　っ!?　」」」

傍で聞いていたアイーシャ、エクセル、カストールの表情が険しくなる。

フウガの発言は大虎帝国と海洋同盟の直接対決によって、雌雄を決することを示唆していたからだ。そう遠くないうちにフウガはフリードニア王国へと攻め込んで来るだろう。その結果如何によって、俺たちだけでなく、この世界の未来さえも決まる。

「もし我が家に手を出すつもりなら、報いを受けることになるだろう」

『………』

俺がそう言うと、フウガは目をパチクリとさせていた。なんだ？

『ハッハッハ！……お前が「掛かってこい」みたいなことを言うとはな。それだけ勝算があるってことか？』

「………」

『おもしろい。なにを見せてくれるのか楽しみにしてるぞ』

心底愉快そうに笑いながらフウガは言い、しばらくして通信が切られた。

ふう、と一息吐いていると、エクセルが寄ってきた。

「陛下……あの御仁が攻めてくるのですね？」

「……魔王領の問題が一応の解決を迎えたいま、アイツの敵となり得る存在は海洋同盟だけだ。その盟主である俺との決着を、アイツも、アイツの国民たちも求めることだろう。うちさえ倒せば大陸を統一したも同然だからな」

「大陸統一。成せれば史上未だかつて無い大偉業ですね」

「ああ。だからこそ、フウガを盲信する者たちはそれを求めるだろう」

だけどな、フウガ。それは今の時代だからたどり着けるゴールであって、次の時代にとっては無価値なものになることだってあるんだ。

お前はこれから、それを思い知ることになるだろう。俺はエクセルに言った。

「フウガも俺たちとやり合うとなれば万全の態勢を整えることだろう。だけど、あまり時間的な猶予はない。急ぎ、王国に帰って備えなければな」

「そうですわね」

俺たちは王国へと慌ただしく帰還することを決めたのだった。

◇　◇　◇

「……」

気付くと目の前に、あの黒いキューブ状の物体があった。

一先ず海洋同盟・大虎帝国・シーディアンの間での停戦交渉がまとまり、今後は継続的にやりとりをして融和への道を探っていくことになるだろう。

彼らがこの大陸に居着くにせよ、北半球への帰還事業に協力するにせよ、ランディアンとシーディアンの間で新しい関係を築いていく必要がある。

こうして北が一応安定したことで、俺たちは早急に帰国することにした。

おそらく『魔王領解放』の次の目標として、『大陸制覇』を掲げるだろうフウガに備えるためにも、早く国に戻って対策を講じなければならない。

フウガが南征するためには国内世論の形成が不可欠（北の魔族が落ち着いたから、今度は南の人類国家へ攻め込む……では、さすがに国民たちに厭戦（えんせん）感や疲労感が出てしまうから）であり、若干の時間的な猶予がある。その間に準備を進めなくては。

そうして帰国する直前に、俺だけマオに呼び出されたのだ。

マオのＤＩＶＡロイド『ＭＡＯ』としての姿は、コミュニケーション用のインターフェースであり、本体はこの黒いキューブということらしい。

そんなマオの本体の前に、俺とマオとティアマト殿だけが居た。

するとマオは両手を水を掬うときのような形にして差し出した。

『ソーマ様に差し上げたいものがあります。両手を出してください』

「えっ……あ、うん」

言われたとおり、マオと同じような形に両手を差し出す。

するとそんな俺の両手に、ポトリとあるものが置かれた。

それは手のひらサイズの赤い勾玉だった。

結構大きく見えるけどそんなに重くなく、表面は淡く光っているように見えて、その揺らめく色合いは炎か血液の脈流に見えた。

「これは?」

『今回のことへの感謝と、これから嵐に向かうであろう貴方へのせめてもの餞別として送らせていただきます』

マオは真面目な顔で言うと、俺の手の勾玉を指差した。

『それには今回登録されたソーマ様の生体データが記録されています。世が世なら、そのデータから貴方や、貴方の数十代前の祖先の肉体さえ復元できたことでしょう。それを貴方の故郷の装飾品を模した形にしたものです』

「えっ……なんか怖いんだけど」

これと技術さえあれば自分のクローンとかも作れるってこと?

未来人ってこんなものまで作っていたのか。

技術も倫理観も全然追いついてない身としては渡されても困る代物なんだけど。

「まさか、自分の不具合を治すメンテナンス要員として、このデータで〝俺〟を量産とかする気なのか？　それはマジで勘弁してほしいんだけど」

『安心してください。複製された存在に管理権限は与えられませんから』

それは……安心して良いのだろうか？

「だとすると、なんでコレを俺に？　どう使えと？」

「貴方はこの世界に身一つでやって来られたと聞いています」

マオの代わりに傍に居たティアマト殿が穏やかな声で言った。

「貴方はこの世界の人々によって、突如としてかつての世界との繋がりを断ち切られてしまいました。あの召喚システムは家族のいない孤独な者から適応者を選別することになっていましたが、それでも貴方には父母も祖父母もたしかに存在していたのです。それらの繋がりを証明するものを、なにも持ってこられなかったことをお気の毒に思います」

「ティアマト殿……」

『ですが、貴方の身体はたしかに両親からもらったものです。細胞は日々の代謝の中で置き換わっていても、貴方の身体の中にはたしかに父母や祖先の記録が受け継がれています。これはそれを抜き出し、目に見える形にしたものとお考えください』

「……………」

マオの言葉で、俺はこの勾玉の使い道を理解した。

「持ってこられなかった祖父(じい)ちゃんたちの位牌(いはい)代わりってことですね」

かつての世界においてきてしまった家や仏壇やお墓。

ここがはるかな未来の世界だというのなら、もうなにも残ってはいないだろう。

せめて位牌の一つでも持ってこられたら良かったのになぁ、と思ったことはいままで何度もあった。そうか……この勾玉には祖父ちゃんたちの記録が残されているのか。

俺はその勾玉を懐にしまった。

「ありがたくもらっとくよ。パルナム城に神棚でも作って飾ることにする」

あまり重い空気にはしたくなかったので、軽い口調で言う。

マオもティアマト殿も微笑(ほほえ)みながら頷いた。

『私たちは、立場上、この世界の人々の選択には介入できません。貴方と貴方の国が争乱に巻き込まれることがわかっていても、手を差し伸べることができないのです』

「ですがせめて、貴方と貴方の周囲の人々の無事を祈りましょう」

星竜連峰もシーディアンも、来るフウガとの戦いには関与できないということだ。

もっとも、関与されたらされたで「魔族と結んで人類に敵対する」とか「聖母竜(マザードラゴン)信仰以外の宗教を迫害するつもりだ」とか煽(あお)られて、国内の統治が難しくなることは目に見えているからな。神と魔王には人の手の届かないところに居てもらわないと。

人類間のことは、人類間で解決しなければならない。

「わかっています。家族や仲間たちとなんとかしてみせますよ」

俺がそう答えると、マオとティアマト殿は微笑んだ。

「『　貴方の行く先に幸福がありますように　』」

そんな二人の言葉を聞きながら、俺の意識はふっと途絶えた。

「っ!?　陛下！」

「うわっ！　陛下!?　大丈夫ですか!?」

気が付くと、俺は戦艦アルベルトⅡの艦橋に居て、ジュナさんとアイーシャに支えられていた。どうやらマオかティアマト殿の力で転移させられたようだ。

急に現れて身体が傾いた俺を二人が慌てて支えてくれたらしい。

「ああ、大丈夫。なんにも心配ないよ」

ちゃんと自分の足で立ちながら二人に言うと、エクセルが歩み寄ってきた。

「お別れの挨拶は済んだのですね？」

「ああ。意外なお土産までもらっちゃったよ」

軽い口調で言うと、エクセルは扇子で口元を隠しながら微笑んだ。

「ふふっ、そうですか。さあ陛下、すでに艦隊の準備は整っております」

「わかった。さあて、それじゃあ帰るとしますか」

「承知しました」

俺がそう言うとエクセルが合図を送り、ハーザルの近く海に停泊していたフリードニア王国と九頭龍（くずりゅう）諸島王国の連合艦隊はそれぞれの国に向けて動き出した。沿岸から離れるとき、海岸線の岩場に立って手を振っているシーディアンたちの姿が見えた。

あの中にトモエちゃんを助けたというコボルトの老人も交じっているのだろうか。

ゴタゴタしていたため、話に聞いただけで直接会うことはできなかったけど、いつか直接会ってお礼を言いたいところだ。俺たちの愛すべき義妹を救ってくれたことを。

そのためにも……いつかシーディアンの人々と笑って再会できる日を迎えるためにも、これからくる争乱に対して万全の準備を進めなくては。

◇◇◇

――それから数日後。

「………」

「ううっ！　ううっ！」

「ちょっ、ちょっとシアン！」

艦隊はエクセルとラグーンシティに預け、ナデンに運んでもらって一足早くパルナム城へ帰還した俺たちを出迎えたのは、我が子シアンからの攻撃だった。

シアンは目に涙を溜めながら、俺の足をポカスカと殴っている。

ただそこは六歳児の力なのでまったく痛くもなかったのだけど、その必死の形相にみんな面食らってしまった。

リーシアは困惑しながらやめさせようとするが聞かず、そんな兄の様子にいつもはやんちゃなカズハもリーシアの後ろに隠れて涙目になりながら見つめていた。

一緒に帰って来たアイーシャ、ジュナさん、ナデン、トモエちゃんたちやカルラも目を丸くしている。普段のシアンは引っ込み思案で辛抱強く、やんちゃなカズハに振り回されたりケガさせられたりしてもぐっと我慢するような子なのだ。

「ど、どうしたんだ？　シアン。なんで叩くんだ？」

困惑しながら尋ねると、シアンは涙で一杯になった目で俺を見上げた。

「ううっ……カルラ、ケガした……もうあえなくなるかもしれなかったって……あぶないっていったのに……とうさまにちゃんと、あぶないっていったのに……うぅ」

「えっ!?　私ですか!?」

カルラが驚いた様子で目を見開いていた。

……そうか。カルラが死ぬかも知れなかったから怒っているのか。

まだ子供だから事情とかその場の状況とかはわかってないだろう。

ただ……大切な人が傷ついたから、怒っている。

それは未熟ではあるが……人として当たり前で、正しい感情だった。

「そうか……お前が叱ってくれるか。シアン」

俺はその場に腰を下ろすとシアンのことを抱きしめた。

シアンはまだグズっていたが、俺が抱きしめると、俺の首にギュッと抱きついて来た。

気が付けば、俺の目からも涙が流れていた。

カルラは運良く助かった。だけど犠牲になった者たちもいる。

その犠牲になった者たちの家族は、いまのシアンと同じ気持ちだろう。

その憤りをぶつける機会がないだけで。俺が……運命をフウガに委ねてしまったばっかりに、引き起こされてしまった被害だった。

『人の運命の半分は運命の女神(フォルトゥナ)が握っているが、もう半分は人の力量(ヴィルトゥ)に委ねられている』

これまで何度も心の中で反芻(はんすう)したマキャベッリの言葉。

もう……二度と同じ過ちは繰り返さない。

(フウガ、もうお前の好きなようにはさせない。俺が……お前の時代を終わらせる)

シアンを抱きしめながら、俺は心の中で強く思った。

# あとがき

この度は現国十七巻をお買い上げいただきありがとうございます。どぜう丸です。

今巻は魔王領と、この世界の成り立ちについての話になります。

この物語を書き始めたとき、当時流行していたテンプレの『ゲームのような世界だ』で省略している部分に理由付けをするとしたらどうすればいいかと考えました。

剣と魔法の世界で、様々な種族がいて、それがゲームなどではなく現実の世界として存在するとしたら、どういう状況が考えられるか？　私の頭で思いついたのは『放棄された実験場』ということでした。ナノマシンによって魔法のような現象を起こせるようになり、様々な種族を生み出しながらも、放置され、その意図が忘れ去られた世界ですね。ここら辺は藤子・F・不二雄先生の短編集にある『老年期の終り』の影響を受けています。

作中内で語ったような状況なら、ゲームのような世界になるのではと考えました。しかし、この世界観を提示するために十七巻もの積み重ねが必要とは……テンプレがいかに重要な情報を共通認識の下に省略していたがわかります。娯楽にも接種速度が求められるいまの時代に適応したからこそ、テンプレは隆盛を極めたんでしょうね。

それではこの本に関わったすべての人と、読者に感謝を。

# おまけ話　ツンな彼女も甘えたい

魔王領に行っていたソーマたちが王国へと帰還し、少し経ったころ。

フリードニア王国と大虎帝国の共同作戦による魔王領解放は成功したのだと、両国で発表する内容を調整していた時期のことだ。魔王領という災厄は去っても、すでに次なる戦いの影も見えていたが、この時点ではまだ大陸は平和だった。そんなある日。

「はい、イチハくん。あ～ん」

「あ、あ～ん」

トモエがプリンをスプーンで掬って差し出すと、イチハは躊躇いがちにパクッと食いついた。トモエはニコニコ楽しそうだし、イチハにしても満更でもなさそうだった。そんな二人の甘々な様子を、ユリガ、ルーシー、ヴェルザが食傷気味に見ていた。

ここはルーシーの実家が経営するパーラー。

今日、王立アカデミー時代の仲良し五人組は久しぶりに集まり、お茶でもしようということになっていた。卒業後はそれぞれの進路に分かれて忙しくなっていて、なかなか全員が揃う機会がもてなかったからだ。

「ほら、イチハくん。こっちのエクレアも美味しいですよ」

「いやそれはさすがに大きモゴモゴ」

トモエに差し出されたエクレアを、イチハは口いっぱいに頬張る羽目になった。

「って、アンタらいい加減にしなさいよ！」

そんな二人のやり取りに我慢できなくなったのか、ユリガが声を上げた。

「そういうことは二人っきりのときにやりなさいよ！　バカップルなやりとりを見せられてるこっちの身にもなりなさい！」

「え～。だって私たち、婚約者だし」

トモエがクスクスと笑うと、ルーシーとヴェルザも苦笑していた。

「トモエっちってこういうタイプやったんやね。許されるなら際限なく甘くなるタイプっちゅうの？　結ばれるまでが長くて鬱憤たまっとったんやろか？」

「相当焦らされてましたからね。イチハさん、頑張って受け止めてあげてください」

「ゴクン……アハハ……はい」

イチハは口の中のエクレアを飲み込むと、困ったように笑いながら頷いた。

しかしユリガは納得がいっていないようだった。

「だからって場所くらいわきまえなさいよ！　もっと周囲の目を……」

「あ、イチハくん。ほっぺにクリームが付いてるよ？」

「って聞きなさいよ！」

ユリガの苦言などお構いなしに、トモエは机に手を突いて身を乗り出した。そしてイチハのクリームの付いてる方とは反対側の頬に触れると、顔を近づけて……。

「なあっ!?」「ト、トモエさん!?」

小っちゃな舌を出して、頬のクリームをなめ取ったのだった。

「わ〜お。トモエっちったら大胆やなぁ」

「良いですね。……私もハルさんにやろうかな」

これにはルーシーもヴェルザも頬を染めていた。ユリガに至っては一瞬思考がフリーズしていたが、やがて我に返るとプリプリと怒り出した。

「だから場所をわきまえろって言ったでしょうが！　イチハも固まってるじゃない！」

「フフッ、ユリガちゃんってば羨ましいの？」

「誰もそんなこと言ってないでしょうが！」

「羨ましいなら、ユリガちゃんも義兄様とイチャイチャすればいいのに」

「………っ」

トモエにそう言われて、つい自分とソーマがさっき見たようなことをしてる姿を想像して、ユリガの顔はボンと赤くなった。そんなユリガの反応にトモエは微笑んだ。

「義兄様はユリガちゃんの旦那様なんだから、存分に甘えていいんだよ？」

「……う、うるさいわよ！　チミッコのくせに！」

「背丈はもう変わらないって」

「うっさいうっさい！　もう帰る！」

ユリガは席を立つと、プリプリと怒りながら帰って行った。そんなユリガの背中をニコニコ顔で見送ったトモエを見て、イチハは「はあ……」と溜息を吐いた。

「トモエさん……わざとですよね？」

「だって、こうでもしないと進展しないと思ったから」

イチハに指摘されたトモエは観念したように肩をすくめた。

「政略結婚だし、ユリガちゃんの立場が微妙なこともあって、義兄様にしても、ユリガちゃんにしても変に遠慮があるんだもの。夫婦になったのにそういう関係って……なんだか淋しいじゃない？　義兄様はユリガちゃんにとって一番身近で甘えていい人なのに」

「ああ、だから焚きつけるようなことをしたのですね」

「さすが侍中やな。王家の夫婦仲まで考えるとは恐れ入ったわ」

ヴェルザとルーシーが感心したように言うと、トモエはクスリと笑った。

「まあ半分はイチハくんとのラブラブっぷりを見せつけたかっただけなんだけどね」

（（（こ、小悪魔だ！　小悪魔がいる／おる！　）））

三人はトモエの秘めたるポテンシャルに戦慄したのだった。

◇　◇　◇

夜。政務室に一人残って、明日に回すまでもない簡単な書類仕事をこなしていると、コンコンコンと部屋の扉が控えめに叩かれた。「どうぞ」と声を掛けると、入ってきたのはユリガだった。なにやら俯き(うつむ)がちに、手を前で弄んでいる。

「どうかしたのか？　ユリガ」

「べつに……なんでもないし、用もないんだけど……」

なんでもない、というわりにその場から動こうとしなかった。出て行くわけでもなく、ただモジモジとしている。変なのと思いながら書類仕事に戻ると……。

「し、失礼するわ」

いきなり、ユリガが俺の膝の上に乗ってきた。ナデンほどではないにしても小柄なユリガは、座っている俺の膝の上にすっぽりと収まった。彼女の背中から生えた翼が俺の腕に覆い被(かぶ)さって、なんともこそばゆい。えっ、これ、どういう状況？

「あの、俺まだ仕事中なんだけど」

「……邪魔？」

ユリガが振り返りながら俺を上目遣いに見つめた。……ちょっと可愛(かわい)い。

「……いや。軽いし、そこまでじゃないけど」

「じゃあ……しばらく、こうさせててよ。旦那様なんだし良いでしょ？」

「ああ、うん。わかった」

猫の甘噛(あまが)みのようなおねだり。甘えたい気分の日、だったのかな？

俺はしばらくユリガを抱えたまま政務を行ったのだった。

参考文献
『君主論』マキアヴェッリ著　河島英昭訳（岩波書店　1998年）
『今度こそ読み通せる名著 マキャベリの「君主論」』ニッコロ・マキャベリ著　夏川賀央訳
（ウェッジ　2017年）

**現実主義勇者の王国再建記 XVII**

発　　行　2022年4月25日　初版第一刷発行

著　　者　**どぜう丸**
発 行 者　**永田勝治**
発 行 所　**株式会社オーバーラップ**
〒141-0031　東京都品川区西五反田 8-1-5
校正・DTP　**株式会社鷗来堂**
印刷・製本　**大日本印刷株式会社**


Printed in Japan　ISBN 978-4-8240-0162-7 C0193